U0919208

牛津迷案

Crímenes Imperceptibles

〔阿根廷〕吉列尔莫·马丁内斯 著

马科星 译

世界经典推理文库10

人民文学出版社
PEOPLE'S LITERATURE PUBLISHING HOUSE

著作权合同登记号:图字 01-2018-1546

图书在版编目(CIP)数据

牛津迷案/(阿根廷)吉列尔莫·马丁内斯著;马科星译.—北京:人民文学出版社,2018
(世界经典推理文库)
ISBN 978-7-02-013669-8

Ⅰ.①牛… Ⅱ.①吉… ②马… Ⅲ.①推理小说-阿根廷-现代 Ⅳ.①I783.45

中国版本图书馆 CIP 数据核字(2018)第 012437 号

责任编辑 甘 慧 张玉贞
封面设计 高静芳

出版发行 人民文学出版社
社 址 北京市朝内大街 166 号
邮政编码 100705
网 址 http://www.rw-cn.com

印 刷 山东临沂新华印刷物流集团有限责任公司
经 销 全国新华书店等

字 数 125 千字
开 本 890 毫米×1240 毫米 1/32
印 张 5.375
版 次 2008 年 1 月北京第 1 版
印 次 2018 年 6 月第 1 次印刷

书 号 978-7-02-013669-8
定 价 32.00 元

导读：与哥德尔一起散步

蔡天新

1

为一部推理小说撰写导言，可不是一件轻松愉快的事，因为你必须小心翼翼，不能透露太多有关凶手的信息。否则，一旦走漏风声，不幸购买此书的读者一定会记恨于你。尤其这部小说的作者同时也是一位数学家，书中几乎提及了二十世纪所有重要的数学进展，并以此为一起连环凶杀案增加了悬疑气氛，同时也为读者设置了智力障碍。幸好，笔者在数学方面学有所长，后面这一点才没有增加我的写作难度。在此，笔者将利用所掌握的数学知识，对本书的人物和背景作一个尽可能清晰的梳理。

这部小说用第一人称来叙述，主人公和小说的作者一样是阿根廷人，布宜诺斯艾利斯大学数学系的毕业生。说起布大，笔者曾到访过，它是革命者切·格瓦拉的母校，那位擅长虚构和推演的大作家博尔赫斯成名后也担任过该校的西班牙语文学教授。一九九三年夏天，这位年方二十二岁的小伙子得到一笔奖学金，远赴英伦来到牛津大学深造。他的导师艾米莉·布朗森是一位才高心细的女教授，把学生安排在自己老师的遗孀伊格尔顿太太家寄宿，与老太太同住的则是她年轻貌美的孙女、大提琴手贝丝小姐。

贝丝小姐的双亲在一起车祸中身亡，她是祖父家产唯一的继承人，自小受到祖母的严厉管束，为此感到非常苦闷。老太太虽然坐在活动轮椅上，智力仍不减当年，她年轻时曾是全英国填字游戏大赛的优胜者，因此被征召入伍，成为阿兰·图灵率领的破译纳粹德国通讯密码的数学家团队成员，得以结识后来的丈夫伊格尔顿先生。图灵是个数学天才，后来他为计算机提供了最重要的设计理念，直到今天，计算机仍无法脱离他的理想模型：

输入/输出装置（带子和读写头）、存储器和中央处理器（控制机构）。

可是，图灵的性取向却一直得不到同代人的理解，后来，他因为不堪忍受对同性恋的强迫治疗，不到四十二岁就自杀身亡。如今，图灵机和图灵测试已是计算机理论和人工智能研究的基石，“图灵奖”则成为计算机领域的诺贝尔奖。

没想到的是，主人公抵达英伦没几天，图灵昔日的助手——伊格尔顿太太就在家里被人谋害了。同时发现这起谋杀案的是两位数学家，一位便是主人公，另一位带有浓重的苏格兰口音，他便是伊格尔顿从前的得意门生、大名鼎鼎的逻辑学家阿瑟·塞尔登教授。

逻辑学是介乎数学和哲学之间的一门学问，成就最大的当属奥地利出生的哥德尔，他是物理学家爱因斯坦晚年的挚友和知己。据说爱因斯坦之所以一直定居在普林斯顿，就是为了能有机会与比他年轻二十七岁的哥德尔一起散步。哥德尔的两条不完备性定理表明，没有哪一部分数学能做到完全的公理推演，也没有哪一部分数学能保证其内部不存在矛盾。哈哈，这是否意味着，有些案件是无法通过推理解破的？而塞尔登正是因为对哥德尔定理作了进一步的延拓，被视作逻辑学的权威。

从凶手故意留下的密码纸条来看，他是一个精通数学的人，很可能是塞尔登教授的一个崇拜者和挑衅者，比如在某次数学考试中遭遇了失败。果然没过多久，另一起凶杀案便发生了，这回的谋杀又牵扯到维特根斯坦及其“语言游戏说”和“遵守规则”理论。说起在奥地利出生的哲学家维特根斯坦，他和老乡哥德尔曾双双入选美国《时代》周刊二十世纪最有影响力的二十位科技和学术精英。巧合的是，他们中的一个是最具哲学意味的数学家，另一个是最具数学意味的哲学家。

维特根斯坦的名著《哲学研究》虽然研究的是语言问题，却与数学有着千丝万缕的联系。例如，他在书中引入了这样一个序列：

1，5，11，19，29……

不难看出，前后两个数的差构成一个等差序列4、6、8、10……，于是很自然地推断出下一个数是29 + 12 = 41。另一方面，也有人尝试用通项公式来表示，并最终发现 $a_n = n^2 + n - 1$，这样一来，也有 $a_6 = 41$。

显而易见，这两种方法殊途同归。因此，维特根斯坦这位主要在英国度过学术生涯的哲学家认为，在任何时候接受什么样的规则或反对什么，都是我们的自由。他还认为，我们可以遵循看起来清清楚楚的程序，但却无法预知这个程序将把我们引向何处。维特根斯坦的另一部名著则是《逻辑哲学论》，它讨论的中心问题是，“语言是如何成其为语言的？”让他感到惊讶的是这样一个大众早已司空见惯了的事实：一个人居然能听懂以前从未听到过的句子。

虽说凶手又在一个显眼的地方留下了密码纸条，但几位数学高手都未能破译，更不要说牛津警察局那位探长了。在第三起谋杀案中，疑犯留下的密码纸条终于让主人公有了眉目，每张纸条上的一个符号可能是毕达哥拉斯学派留下的记数方法。这让他把破译密码的数学思维从逻辑学转向了数论，一门古希腊人十分迷恋，而今天仍非常热门的数学分支。恰好这个时候，二十世纪最重要的数学成就：费马大定理的证明在牛津大学的竞争对手剑桥大学宣布了。

2

一六三七年的一天，法国南方小城图卢兹的地方法官费马正在阅读古希腊最后一个大数学家丢番图的著作《算术》的拉丁文版本，这不是一部系统的理论著作，而是（和中国古代数学著作一样）一些数学问题的汇编。费马有着“业余数学家之王”的美誉，他对书中的第八个问题入了迷，这个问题讨论的是毕达哥拉斯数组，这个问题又与所谓的毕达哥拉斯定理有关，此定理在古代中国被称为勾股定理，说的是，对任意一个直角三角形来说，它的两个直角边的平方和等于斜边的平方。

毕达哥拉斯不仅予以严格的证明，并且从这个几何问题中提炼出有关整数的方程（后人称之为丢番图方程），即如何将一个平方数写成两个平方数之和，他探讨了满足这个方程的所有三元数组，其中最小的一组是（3，4，5）。费马经过反复计算和推敲，恍然大悟，在问题 8 所在的页面空白处，他用纤细的文字写下了下面这段话：

> 不可能将一个立方数写成两个立方数之和，或者，将一个 4 次幂写成两个 4 次幂之和，总之，不可能将一个高于 2 次的

幂写成两个同次幂的数之和。

在这个评注的后面，费马又草草地写下一个附加的注中之注，“对此命题我有一个非常美妙的证明，可惜此处的空白太小，写不下来。”费马有所不知，以后的三百多年间，寻求这个命题的证明苦恼了一代又一代最有智慧的头脑，许多伟大的数学家都曾经全身心地投入并栽了跟头，以至于一位德国富商（他在一次失恋以后因为痴迷这个数学问题打消了自杀的念头）临终时立下遗嘱，用十万马克（约合现在的一百六十万美元）奖励第一个证明它的人。

尽管如此，这笔奖金并没有阻止一位三十一岁的数学天才走向死亡，他便是对解决费马大定理作出重要贡献的日本数学家谷山，小说里也提到了他的自杀。一九八六年，美国数学家里贝特证明，由所谓的谷山-志村猜想可以直接导出费马大定理，此时离开谷山自杀已经有二十八个年头了。谷山的遗嘱表明，他对自己的生活失去了信心，他至死都不知道自己工作的伟大意义。值得一提的是，他受教育的年代正遇到残酷的战争，自杀原因与个人感情无关，谷山死后两个月，深爱他的未婚妻也结束了生命。

没想到，就在小说主人公来到牛津的那年夏天，一位叫安德鲁·怀尔斯的沉默寡言的英国人，经过七年的不懈努力，攻克了谷山-志村猜想，澄清了那段历史疑案，并领走了那份比诺贝尔奖更为诱人的奖金。这里我想插一句，怀尔斯是个幸运儿，假如完成这两个猜想证明的时间互换一下，即先证明谷山-志村猜想，再证明此猜想和费马大定理之间的递推关系，那么，这份至高无上的荣誉就落在美国人里贝特头上了。

在小说里，怀尔斯正好是布朗森教授从前的弟子，他也是塞尔登的亲密朋友。当怀尔斯从大西洋彼岸的普林斯顿返回剑桥宣布他的工作，牛津大学派出一辆校车把数学家们送往剑桥。可就在怀尔斯的报告结束几个小时以后，牛津却发生了一起车祸。小说的主人公适时破译出了第四张密码纸条上的数字，可是，他却无法阻止车祸的发生……

当然，这部广征博引的小说并不局限于数学和数学家的神奇故事，英国同胞里面，出现的人物就有诗人 T. S. 艾略特、小说家弗吉尼亚·伍尔夫、散文家德·昆西。让笔者不得不提到的还有，十九世纪的传奇人物刘易斯·卡洛尔，他是数学家、逻辑学家、摄影家和小说家（身份和本书的作者十分相似）。卡洛尔十八岁进入牛津大学，因为数学成绩优异，毕业后留校做了一名数学讲师，直到退休。虽然卡洛尔写了不少数学论著，但都不甚重要，只有《欧几里得和他的近代对手》一书还有一些历史价值。

在牛津任教期间，卡洛尔对院长的三个女孩非常钟爱，常给她们讲故事，后来他把这些故事写出来献给了长女爱丽丝，被一位作家发现后得到了鼓励。于是，一部日后享誉世界的小说——《爱丽丝漫游奇遇记》问世了，她被批评家们认为是适合儿童纯真情趣的逻辑和数学心智的完美创造物。小说中的人物如蛋形人，术语如非生日礼物、非婚礼聚会等已成为英国社会和英语里的常用语，也出现在《牛津迷案》这部书里，以此增加了本书的人情味，并为主人公解谜留下线索。

“凡是我们不能言说的，对之必须保持缄默。”这是维特根斯坦最为笔者赏识的一句话，虽然这部小说中没有提到，但却为我们的主人公身体力行地遵循。而对于这篇信笔写下的导读来说，也该是结束的时候了。借此机会，祝愿各位读者能与这部小说一起，度过一个愉快的夜晚（笔者以为推理小说适合夜晚，尤其是冬日夜晚阅读），并“顺手牵羊”，对当代数学和逻辑学的最新进展和人类抽象思维的探究者有所了解。

二〇〇七年十月二十五日，杭州彩云居

牛津迷案

Crímenes Imperceptibles

1

如今，事情已经过去多年，一切都已被淡忘。我收到一封来自苏格兰的电子邮件，得知了塞尔登去世的坏消息。既然如此，我想，现在我可以打破沉默（虽然塞尔登从未要求我保持沉默），讲讲发生在一九九三年夏天的那一系列事件的真相了。这些事在当时的英国报纸上都以阴森恐怖或耸人听闻的标题出现，而塞尔登和我，或许是因为与数学的关系，一直以来都仅仅把这些事当成了序列，或者说是“牛津序列”。所有的死亡事件其实都发生在牛津郡的方圆之内，发生在我初到英国之时，而且真正地近距离见识第一起死亡这一不可思议的特殊礼遇也落到了我的头上。

我那时二十二岁，正是一个似乎无论做什么都可以被原谅的年纪；我刚从布宜诺斯艾利斯大学数学系毕业，论文做的是代数拓扑学，拿奖学金要去牛津留学一年，心中却暗自怀揣着要转向逻辑学的研究，或至少能进安格斯・麦金泰尔教授的研究班的打算。将在那边成为我导师的艾米莉・布朗森博士已经为我的到来做好了各项准备，方方面面都照应到了。她是牛津大学教授，也是牛津圣安妮学院的教师，但在我动身之前我们互通的电子邮件中，她建议我，与其住学院里那些不甚宜人的宿舍，或许我更愿意在伊格尔顿夫人家租一个房间，那里自带卫生间，有个小厨房并且能独立出入，只要我奖学金的金额足够付房租。据她说，伊格尔顿夫人和蔼、谨慎，是她以前某位老师的遗孀。我估算了一下，便一如既往地带着过度的乐观，寄去一张支票预付了头一个月的费用，这也是女房东提出的唯一要求。

两个星期之后，我飞行在大西洋的上空。同以往每一次旅行一样，我又陷入一种怀疑的情绪中，好比处于某种下面没有保护网而要往下跳的状态。比起我即将开始新生活的这个国家及其庞大的系统终于如摊开的手掌般在底下展现出来，在最后一刻因为发生某个事故而把我送回原地或者扔进大海的可能性似乎永远更大，甚至更省钱——塞尔登准会称这种假设是“奥卡姆剃刀”定律①。然而，一切都很准时，第二天上午九点，飞机静静地穿透雾霭，在突然变柔和的光线下，或者应该说是在也许变弱了的光线下，英格兰绿色的山丘真真切切地显现出来，因为那是我所存有的印象：随着我们的降落，光线变得愈发不足，就仿佛被滤纸稀释过了一样，显得微弱而无力。

我的导师已经为我打点好一切，她让我在希斯罗机场搭大巴直接到牛津，并为在我到达时未能来接我而一再道歉，因为她整个星期都会在伦敦参加一个代数学的学术会议。不过，这样的安排不仅没让我担心，反而正合我意：在开始学业前，我能有几天的时间来四处转转，让自己对这地方有一个认识。我没带很多行李，大巴到站后，我毫不费力地提着行李包穿过广场去招出租车。已经是四月初，可我还是得庆幸自己没把大衣脱了：刺骨的寒风依然刮着，而阳光无比苍白，根本不起什么作用。即便如此，我还是看到广场集市上几乎所有人，包括那个为我开车门的巴基斯坦出租车司机都穿上了短袖。我把伊格尔顿夫人的地址给了他，他发动车子时，我问

① “奥卡姆剃刀”（Occam's Razor 或 Ockham's Razor）是由十四世纪逻辑学家、圣方济各会修士奥卡姆的威廉（William of Occam）提出的一个定律。这个定律称为“如无必要，勿增实体”。该定律的出发点是，如果你有两个原理，它们都能解释观测到事实，那么你应该使用简单的那个，直到发现更多的证据。——本书注释均为译者注

他冷不冷。“哦，不冷，已经是春天了。”他对我说道，并满怀喜悦地指了指那个可怜巴巴的太阳，仿佛是无可辩驳的证据。

黑色出租车稳稳地驶向主干道。当它左拐时，我透过路两边半开的木门和铁栅栏，看到整洁的学院花园，里面的草坪光鲜碧绿。我们还经过了一座教堂旁的一小片墓地，墓碑上覆盖着苔藓。汽车驶上班伯里路，随后拐进康利夫街，这便是我记下的地址了。此时道路在一座宏伟的公园中蜿蜒；在槲寄生构成的樊篱之后，显现出一幢幢石头建造的大房子，典雅庄严，令我想起维多利亚时代的小说中那些品茶的下午，门球赛局，花园中的闲庭信步。以我寄出的金额，我觉得我要找的房子肯定不在其中，但我们还是边走边留心沿街的门牌号。最后，在街的尽头，我们看到了一排整齐划一的小房子，要简朴许多，但更令人感到亲切，它们都带着直角的木质阳台，夏意盎然。头一幢便是伊格尔顿夫人家。

我卸下行李，走上门前的小阶梯，按响门铃。从艾米莉·布朗森发表博士论文及早期著作出版的日期推测，我估计她应该有五十五岁左右，那她当年老师的遗孀该有多大年纪呢？门开了，我的眼前却是一个高挑苗条的姑娘棱角分明的脸和深蓝色的双眼，她比我大不了多少，带着微笑冲我伸出了手。我们带着惊喜彼此打量着，但接着她就松开手，略显拘谨地把手缩了回去，也许是我握住她手的时间有点长。她告诉我她名叫贝丝，还在带我走进客厅前试图读准我名字的发音，但不太成功。客厅铺着红灰菱形花纹格地毯，很温馨。

伊格尔顿夫人坐在花卉纹饰的扶手椅上，带着热情的微笑朝我伸出手。老太太眼神灵敏，举止活泼，蓬松的白发向后打了个精致的发髻。穿过客厅时，我注意到有一辆收拢的轮椅靠在扶手椅的椅背上，她腿上盖着苏格兰格子毛毯。我握住她的手，感觉得到她手指绵软无力，还微微颤抖。她热情地握了片刻我的手，用另一只手轻轻地拍了拍，询问我沿途情况，是不是第一次来英国。

“咱们没料到会是这么年轻的一个人，对吧，贝丝？”她惊讶地说。

贝丝站在门边默默微笑着；她从墙上的挂钩上取下一把钥匙，等我回答完三四个问题之后，柔声说道：

“奶奶，你不觉得我现在该带他去看看他的房间了吗？他肯定累坏了。”

“当然，”伊格尔顿夫人说，“贝丝会向您交代一切的。如果您今晚没有别的安排，我们很高兴邀请您与我们共进晚餐。”

我跟着贝丝出了屋子，从门口的小楼梯盘旋向下来到地下室。她微微弯腰打开小门，带我来到一间宽敞整洁的房间。它虽然低于地面，但靠近天花板的两扇高高的窗户能获得足够的光线。接着她一边在屋里到处走动，一边向我一一解释。显然已经重复过多次，她背书般打开抽屉，让我逐一看了食橱，餐具，毛巾。我高兴地看了床和浴室，但主要还是打量她。她的皮肤干燥，黝黑，紧绷，似乎是经常在室外的缘故，这既让她显出健康的面貌，但也让人担心她容易显老。

如果说我一开始估计她只有二十岁出头，那现在换了这种光线看，我断定她该有二十七八岁了。她的眼睛特别迷人：眼珠是极美丽的深蓝色，似乎是五官中最沉静的部位，仿佛不愿意流露情感。她穿着一条长而宽松的圆领乡村连衣裙，这样除了能看出她很瘦，看不出她的身材到底怎样，不过若仔细端详，我还能看出一些她幸好不是全身都这么瘦的征兆。尤其是她的背影让人产生拥抱她的冲动。她有着高个儿女孩的某种柔弱感。当我们眼睛再次相遇，她问我还想看看什么东西。虽然我想她话里并没有讥讽的意味，可还是窘迫地移开自己的目光，赶紧告诉她一切都很好。在她走之前，我绕了好大一圈才问到点子上：我和她们一起吃晚饭是否妥当，她笑着告诉我，我当然应该来吃饭，她们会在六点半等我。

我取出带来的为数不多的几样东西，将几本书和我的几份论文堆在桌上，又用几个抽屉来放衣服，接着就出门到城里遛达一下。在圣吉尔斯大街的街口，我找到了数学研究所：这是唯一一幢丑陋的现代建筑。我看着前门口的台阶和玻璃旋转门，决定第一天先不去管它。我买了个三明治，坐在河畔，看划艇队训练，独自享用着有点晚的野外午餐。我逛了几家书店，驻足欣赏一座剧院飞檐上的滴水嘴，跟着一队游客在某个学院的院子里闲逛，然后走了很长一段路穿过巨大的大学公园。在一处被树木围起来的地方，有人开着机器正将草坪贴地剪成长方形，还有个人正用石灰勾画一个网球场的边线。我站在一边，怀着思乡的情绪看着眼前这一幕。趁他们休息，我就问他们什么时候把球网架起来。我念大二后就没再打网球，这次也没把球拍带来，但我决定去买块球拍，然后找一个搭档重新打球。

回家路上，我去一家超市买了些备用品，又费了点时间找到一家烟酒商店，随便挑了瓶晚餐时喝的葡萄酒。回到康利夫街时才六点刚过，但天已经几乎全黑，所有房子的窗户都亮了。让我吃惊的是，没有人拉窗帘；我寻思这是否应该归功于英国人谨慎的态度中那也许有些过分的信任，他们不会自降身份去窥探他人的生活，或者说应归功于英国式的安全感，他们相信他们的私生活没有任何事情值得窥视。没有哪家人家装百叶窗，给人的印象是似乎很多门都不上锁。

我冲了澡，刮了胡须，挑了件最平整的衬衫，到六点半准时走上小楼梯，用我的酒瓶按响门铃。餐桌上，大家面露微笑，热情周到，我渐渐适应了。贝丝没有化妆，但还是稍稍打理了一下。她换了一件黑色的丝绸衬衫，头发梳向一边，很迷人地垂在脖子一侧。但她如此这般并不是为了我：我很快得知她在谢尔登剧院的室内管弦乐队里拉大提琴，就是那座我散步途中驻足观看浮雕墙上滴水嘴的半圆形剧院。今晚他们要举行演出前最后一场彩排，某个叫迈克尔的幸运儿半小时后会来接她。当我以肯定的口吻问是不是她男朋友时，她们有些尴尬地沉默了片刻；两位女士对望了一下，给我的答复就是伊格尔顿夫人问我还要不要再来点儿土豆色拉。在接下来的晚餐时间里，贝丝显得有些心不在焉，最后几乎成了我和伊格尔顿夫人两人在说话。

门铃响了，贝丝走后，我的女房东明显活跃起来，似乎某根无形的、紧绷的弦松开了。她倒了第二杯葡萄酒，开始跟我讲她曲折、精彩的人生。二战期间，她跟诸多女子一样，天真地参加了一个全国填字游戏大赛，到头来得到的奖励是被征召入伍，封闭在一个完全与世隔绝的小村里。她们的任务是帮助阿兰·图灵[①]和他的数学家团队破译纳粹德国英格玛机器的密码。就是在那里她认识了伊格尔顿先生。她给我讲述了战争中的种种轶事，还有那起著名的图灵中毒事件的前因后果。

她说自从搬到牛津后，她就不玩填字游戏，改玩斯克莱博[②]拼

① 阿兰·图灵（Alan Turing，1912—1954），英国数学家、逻辑学家，被视为计算机之父。一九三一年图灵进入剑桥大学国王学院，毕业后到美国普林斯顿大学攻读博士学位，二战爆发后回到剑桥，后曾协助军方破解德国的著名密码系统英格玛（Enigma），帮助盟军取得了二战的胜利。

② 斯克莱博（Scrabble）是一种拼字游戏棋名称。

字游戏了，以前她一有空就和一帮女友玩这个。她灵活地转动轮椅来到起居室里的一张小矮桌跟前，叫我随她过去：“不用收拾那些盘子，等贝丝回来她会管的。”我疑惑地看着她从抽屉里拿出一个斯克莱博棋盘，打开。我无法拒绝。结果我就这样度过了来到牛津的第一个夜晚：坐在一位古董般的老太太面前，努力拼写英文单词，而她每玩上个两三局就用光了她手里的七个字母图块，笑得像个姑娘。

2

几天后，我去数学研究所报到，他们在访问学者办公室给我安排了一张办公桌，给我一个电子邮件账号，以及一张在开放时间以外能够进入图书馆的磁卡。办公室里另外只有一个俄罗斯人，姓波多洛夫。我们打了个招呼。他在办公室里无精打采地来回踱步，偶尔靠在办公桌前，在一本像赞美诗集似的硬皮大笔记本上涂抹某个公式。每隔半小时，他还会走到正对着我们办公室窗户、铺细砖的院子里抽支烟。

随后的一周开始的时候，我第一次见到了艾米莉·布朗森：她身材娇小，满头的白发像在校女生一样用小发卡束在耳后。她骑着一辆大得与其身材不相称的自行车来研究所，车篮里装着她的书和鼓鼓囊囊的饭盒。她长得有点像修女，似乎挺羞涩，但我很快发现她有一种敏锐的独特幽默感。我将我的学位论文命名为“布朗森的空间”肯定让她很高兴，虽然她嘴上说得谦虚。在我们第一次会面中，她给了我她最新的两篇论文复印件，以及一叠关于牛津参观景点的小册子和地图，她说，趁新学期还没开始，我还比较有空，可以到处走走。接着她又问我对于布宜诺斯艾利斯的生活有没有什么特别怀念的，我说我想打网球，她向我保证这事儿很容易安排，脸上带着的笑容分明是说，她对比这更离谱的要求都见怪不怪了。

两天后，我在信箱里发现一份邀我去马斯顿·费里路上的网球俱乐部打双打的请柬。球场是硬地场，从康利夫街步行过去只要几分钟。一同打球的还有约翰，美国摄影师，胳膊很长，网前球处理得很好；萨米，加拿大生物学家，长得像个白化病患者，精力充沛，不知疲倦；还有洛尔娜，雷德克利弗医院的爱尔兰裔护士，她比我们大十至十五岁，但她一头红发和明亮、勾人的绿眼睛，使她依然魅力十足。

除了重新踏上网球场的快乐，我在热身时意外有了第二个惊喜，我发现球网对面的这个女人不仅长得迷人，底线球也打得自信而漂亮，能将我所有的击球都贴网挡回来。我们交换着搭档打了三局，我和洛尔娜的双人组合堪称“笑面杀手”，在接下来的一周里，我就数着日子盼着回到球场，盼着打完几局后她再次轮到跟我搭档。

几乎每天早上我都会撞见伊格尔顿夫人；有时我很早出门去数学研究所，会看到她在打理花园，我们就彼此寒暄一番。有时我趁休息的当口去买午饭，会在班伯里路上看到她往集市去，她操纵电动轮椅在人行道上滑行，像是乘坐在宁静的船上，一边还滑稽地歪着脑袋和那些给她让路的学生打招呼。但是我很少见到贝丝，后来我只跟她再说过一次话，那是某天下午我打完网球回来。洛尔娜主动提出用她的车把我捎到康利夫街的头上，正当我和她道别的时候，我看到贝丝背着她的大提琴从一辆公车上下来。我迎上去，帮她提大提琴回家。天气刚开始真正炎热起来，我想，在日光底下待了一下午肯定晒黑了。她带着哀怨的神情朝我笑。

“唔，看得出你已经安顿下来了，但是，难道这不意味着你该学习数学，而不是打网球，和女孩坐车兜风吗？”

“我是得到我导师许可的。”我笑着说道，做了个被赦免的表情。

“呵呵，我跟你说着玩的。说真的，我还妒忌你呢。”

“妒忌我，为什么？”

“嗯，我不知道；你给人的印象是这么自由：离开你的国家，离开那边的生活，所有的一切都抛在身后；在这里待了两个星期，我就看到了这样的你：开心，晒得黝黑，还打网球。”

“你也应该争取。只要申请个奖学金就行。”

她略带伤感地摇了摇头。

“我争取过，我曾经争取过的，但是对我来说似乎晚了。当然了，他们从来不会承认，可是他们就是宁可把奖学金给更年轻的女孩。我都快满二十九岁了。”她说，仿佛这个年纪标志着进入老年。她的声调突然变得苦涩起来，又说：“我有时候想不顾一切离开这里。”

我望着远处那些房子上槲寄生绿意盎然，那些中世纪穹顶上的尖针，那些堞形塔上的直角形凹槽。

“离开牛津？我可想象不出还有比这里更美的地方。”

一种由来已久的无奈似乎令她的双眼蒙上了阴云。

“也许……是吧，但前提是你不必把你所有时间都花在一个残疾人身上，也不需要每天重复那些早就没有任何意义的事情。”

“难道你不喜欢拉大提琴吗？”我觉得这很令人吃惊也很有趣。我看着她，试图看清表面背后隐藏的实情。

“我恨它，”她说着，眼神黯淡下来，“我越来越讨厌它，而且越来越难以掩饰这种厌恶。有时候我害怕在演奏时流露出来，害怕指挥或者某个同事发现我是多么不喜欢我奏出的每一个音符。但是我们演奏完一场又一场音乐会，人们都纷纷鼓掌，似乎没人察觉到这点。这岂不是很可笑？”

“我得说你是无可指责的。我觉得恨的振频并不特殊。在这个意义上，音乐和数学一样抽象：没有什么道德上的差别。此外，你总是照着乐谱演奏，我想不出有什么办法能察觉出来。”

“照着乐谱来……这就是我这辈子一直在做的事。”她叹了口气。我们已经走到家门口，她把手搁在门把手上。“不用理会我，”她说，“我今天过得很糟。”

“但今天还没结束呢，”我说道，“我能不能做点什么让这一切变得好一点儿？”

她苦笑着看着我，拿回了大提琴。

“哎，你真是个拉丁人。”她喃喃自语道，仿佛这是她必须得提防的什么东西。即便如此，在门关上之前，她还是和我对视一眼，让我最后看了一眼她的蓝眼睛。

又是两个星期过去了。夏天开始慢慢宣告它的降临，傍晚变得平缓而漫长。五月的第一个星期三，在从研究所回家的路上，我去一台自动取款机上提了钱准备交房租。我按响伊格尔顿夫人家的门铃，就在等人来开门的时候，我看到在蜿蜒通往她家的小路上走过来一个高个子男人，迈着大步，神情严肃，露出沉思状。当他在我身旁站定时，我用眼角的余光瞄他：他的额头宽大平坦，眼睛小而深陷，下巴上有一个明显的伤疤。他肯定有五十五六岁了，不过他动作中蕴含的某种力度使他显得还挺年轻。起初我们俩站在关着的门外等候，有点尴尬，然后他用浓重而悦耳的苏格兰口音问我是否已经按过门铃。我说已经按过了，接着按了第二次。我说也许我第一次按的时间太短，听到我说话，他的神情立刻放松下来，露出热情的微笑，问我是不是阿根廷人。

“那么，”他改用非常流利的西班牙语，还带着可爱的布宜诺斯艾利斯口音，对我说道，“您应该是艾米莉的学生了。”

我回答说是，并颇为惊讶地问他在哪里学的西班牙语。他的眉毛耸成了弓形，似乎在遥望久远的过去，然后告诉我说那是许多年前的事了。

“我的第一个妻子是布宜诺斯艾利斯人，”接着他朝我伸出手，“我是阿瑟·塞尔登。”

很少会有什么名字能像当时那样在我心底激起如此崇敬之情。这个握着我的手、目光清澈的小眼睛男人在数学界是一个神话。为了参加某个研究班，我曾花数月的时间研究他最著名的专著：三十年代以来哥德尔[①]定理的哲学延伸。他被视为逻辑学界的四大权威之一，只需浏览一下他各种著作五花八门的标题，就足以看出他是罕见的数学天才：在那个平滑冷静的额头里产生过某些本世纪最深刻的理论。在我第二次扫荡城中的书店时，我就试图寻找他的最新著作，一部解释逻辑序列的普及性作品，令我吃惊的是这本书两个月前就售罄了。有人告诉我，自从那本书出版后，塞尔登就从学术会议圈中消失了，显然也没人敢猜测他现在在研究什么。不管怎样，我甚至都不知道他住在牛津，更不会想到会在伊格尔顿夫人家门口与他不期而遇。我告诉他我曾在一个研讨会上阐述过他的理论，他对我的热情显得颇为高兴。但他似乎在担心什么事，注意力一直在那扇门上。

“伊格尔顿夫人应该在家里，”他对我说，“对吧？”

“我本来也这么认为，”我说，“她的电动轮椅在那儿。除非有人开车来把她接走了……”

塞尔登又按了一下门铃，并走上前去贴着门听动静，接着又走

① 库尔特·哥德尔（Kurt Gödel，1906—1978），出生于捷克，求学于奥地利，后加入美国籍，是二十世纪重要的逻辑学家、数学家和哲学家。

到朝向走廊的窗口，努力向里面张望。

“您知不知道是否有后门?”他改用英语问我，“我怕她出什么事儿了。”

我看出他脸上的神情很紧张，似乎知道出了什么事，不容他考虑别的事情。

“要是您觉得可以的话，”我跟他说，“我们可以试一下这扇门：我想她们白天是不锁门的。”

塞尔登将手放在门把上，门缓缓地开了。我们轻轻走了进去；我们的脚步让木头地板吱嘎作响。还能听到从里面传来钟摆来回摆动的声音，仿佛微弱的心跳声。我们走到大厅，在中间那张桌子旁停住了。我朝塞尔登做了个手势，示意他看窗边那张朝向花园的贵妃榻。伊格尔顿夫人平躺在那里，脸朝向椅背，似乎睡得很沉。一个枕头掉在地毯上，似乎是她在睡梦中滑落的。一头白发髻用网罩严实地兜着，眼镜放在小桌上，就在斯克莱博棋盘边。似乎她曾一个人玩过，因为两个字母架都在她那一侧。

塞尔登走上前去，当他的两根手指碰了碰她的肩时，她的脑袋沉沉地歪向了一边。我们俩同时看到她的眼睛还惊惧地睁着，两道平行的血迹从鼻子流到下巴，在脖子那里汇聚到一起。我不由自主退后一步，压制住自己的惊呼。塞尔登已经用一只胳膊托住她的脑袋，尽量将她的身子扶正，口中焦虑地念叨着什么，我没听清。就在他把枕头从地毯上拾起来的时候，我们看到地毯中间有一大摊快干了的红色血迹。他拿着那个枕头放在体侧站了一会儿，陷入了沉思，好像正为一个复杂的计算梳理着脉络。他似乎彻底乱了套。结果还是我提出我们应该报警，他呆呆地表示同意。

3

“他们要我们在屋外等。”塞尔登挂完电话简短地说。

我们走到门外小小的门廊上，确保没有碰到任何东西。塞尔登背靠楼梯的扶手，默默地卷一支烟。他的双手不时停下来折烟纸，然后强迫性地重复着某个动作，似乎这些动作关乎他思绪之链的停顿和犹豫，他必须小心加以核实。他看上去没有了几分钟前的沉重压抑感，而是在试图理清某件不可理解之事的思路。

两个警察静静地把车停在屋前。一个身着深蓝色外套、身材高大、目光深邃的白头发男人朝我们走来，和我们迅速地握了手便问我们的名字。他颧骨凸出，并很可能随着年龄的增长，轮廓愈发鲜明。他神情镇定而带有果敢的威严，似乎已经习惯掌控全局。

“我是皮特森探长，”他说，并指了指一个身穿绿色外套、微微点了点头经过我们身边的男人，“他是我们的法医。你们能跟我们进去一下吗？要问你们几个问题。”

法医戴上乳胶手套，俯身靠近贵妃榻；我们远远看见他仔细地查看了一会儿伊格尔顿夫人的尸体，采集了一些血液和皮肤的样本，交给助手。一个摄影师打着闪光灯拍了几下那张已经没有生气的脸。

“请到这儿来，”法医说着，示意我们过去，“你们发现她的时候，她的姿势是怎样的？”

“脸朝着靠背，”塞尔登说，“身子侧着……再朝那儿一点儿……腿是伸直的，右臂弯着。对，我觉得就是那样的。”他看着我，要我确认当时的姿势。

“那个枕头本来是在地上的，”我补充道。

皮特森捡起枕头，要法医注意中间那摊血迹。

“你们记得掉在哪儿了吗？”

“在地毯上，就在头部那个位置，就像是她睡着的时候掉下来的。”

摄影师又拍了两三张照片。

法医朝向皮特森说：“我相信，罪犯原本的意图是在她睡着的时候闷死她，不留痕迹。他小心翼翼地从她脑袋下抽出枕头，并未弄乱她的发网，也有可能他看到她的时候枕头已经掉地上了。但是当他把枕头捂在老太太脸上时，她醒了过来，也许还挣扎了一番。于是咱们这哥们儿更惊慌了，就压着手背，甚至可能把一条腿的膝盖也顶了上去，好使出更大的劲，因而无意间压扁了枕头底下老太太的鼻子。血就是这么来的：是一点鼻血。到了这个年纪，血管都是很脆弱的。当他把枕头拿开，看到一张流血的脸，也许又把他吓着了，就任由枕头掉在地毯上，都没想到收拾一下现场。也许他觉得无所谓，只要尽快离开。我敢说这人是第一次杀人，很可能是用右手杀的。”他把两只胳膊伸向伊格尔顿夫人的脸做了个演示。“枕头最后掉在地上的样子肯定是因为这样转了个圈，这对一个用右手按住枕头的人来说是最自然不过的了。”

“是男的还是女的？”皮特森问。

“这个很有意思，”法医说，“可能是个强壮的男人，手掌一使劲就把她弄伤了，但也可能是个女人，觉得自己力气太小就把全身的力量都压到她身上。”

“死亡时间呢？”

“在下午两点和三点之间，”法医朝我们说道，“你们是什么时候到的？”

“四点半，”塞尔登朝我飞快看了一眼征询我的意见，随后对皮特森说，“我想她极有可能是在三点被杀的。”

探长看着他，露出很有兴趣的眼神。

“是吗？您怎么知道？”

“我们两个不是一起到的，”塞尔登说，“我来这里是因为我在默顿学院的信箱里发现了一张便笺，一条很奇怪的留言。不幸的是，一开始我并没有太在意，但我想现在一切都已经晚了。”

“便笺上写了什么？”

“‘序列的第一个’，”塞尔登说，“就这些。字写得很大，都是大写。下面有伊格尔顿夫人的地址和时间，就像是个约定：下午三点。”

“我能看看吗？您带来了吗？”

塞尔登摇了摇头。

“我在信箱里拿到它的时候差不多已经三点零五分了，而且我去研究班已经迟到了。我就在去办公室的路上看了这条留言，坦白地说，我想到的是这准又是哪个疯子的留言。我最近出版了一本关于逻辑序列的书，我在书里傻乎乎地写了一章关于连环谋杀的内容。从那以后我就收到各种承认自己杀人的信件……后来，我一进办公室，就把那纸条扔进了纸篓。”

“那这会儿那便笺还可能在那儿吗？”皮特森问。

“恐怕已经不在了，”塞尔登说，“我走出教室后，又想起了那张便笺。在康利夫街的地址让我有些担心：上课的时候，我想起伊格尔顿夫人就住在这儿，虽然我不能确定门牌号。我想再回去看一下，好确定地址，但是清洁工已经打扫过我的办公室，纸篓已经空了。正因如此，我才决定到这里来的。”

“但不管怎样我们都可以试一下，”皮特森说，又把他的一个手下叫了过来，“威奇，您去默顿学院，去和那个清洁工谈一下……他叫什么名字？”

“布伦特，”塞尔登说，“不过我觉得这是没用的。这个时候，垃圾收集车应该已经去过了。”

“如果找不到，我们会给您打电话，请您给我们的绘图员描述一下字体的样子。但这个事情我们暂时保密。请你们二位格外小心。您还能记起便笺上有什么其他细节吗？便笺的材质，墨水的颜色，或者什么能引起您注意的东西。”

“墨水是黑色的，我觉得是用钢笔写的。普通的白色便笺纸。字体很大很清楚。便笺被很小心地一折为四放在我的信箱里。对了，还有一个令人好奇的地方：文字下面还很细致地描了一个圆圈。一个很小很圆的圆圈，也是黑色的。”

“一个圆圈，”皮特森若有所思地重复道，“像是一个签名吗？一个图章？还是对您而言意味着别的什么？”

“这也许跟我书中关于连环谋杀的章节有关，”塞尔登说，“我在其中所坚持认为的是，抛开侦探电影和小说不谈，那些连环谋杀案——至少是历史上有记载的连环谋杀案，背后的逻辑总体来说是很基本的，主要是和精神病理学有关。典型的凶手都很残忍，作案特征就是单调和重复，其中绝大多数人是由于心理受过创伤，或是某种童年固着[①]。也就是说，破解这类案件更适合做精神分析而不是

---

① 固着是心理学术语，指人心理发展上的一个停顿，原因是儿童在某个性心理阶段所得到的满足太多或太少。

真正意义上的逻辑推理。这个章节的结论就是，像拉斯柯尼科夫[①]那样以智力挑战或智力虚荣心驱动的凶杀案，或以托马斯·德·昆西[②]那样以艺术变态的心理而产生的罪行，似乎并不属于真实的世界。我还在书里开玩笑地说，那些作案者总是如此聪明，以至于我们都尚未发现他们。"

"我明白了，"皮特森说，"您觉得是哪个读过您书的人发起了挑战。那在这个案子里，圆圈是……"

"可能是一个逻辑序列的第一个符号，"塞尔登说，"这会是个很好的选择：圆也许是历史上可以被最大程度地阐释的符号了，无论是在数学范畴之内还是之外。它几乎可以代表一切。无论如何，这都是开始一个序列的聪明方法：一开始用一个包含最大不确定性的符号，这样我们对接下来可能出现的情况仍将是一片茫然。"

"您是想说这个人可能是个数学家？"

"不，不一定。我的出版社对我的书的读者群之广非常惊讶。现在我们甚至还不能说这个符号就是一个圆圈；我要说的是，我一看就把这当成圆圈，也许是因为我受到的数学训练的关系，但它也可能是某种秘密组织或古老宗教的符号，或者别的什么完全无关的东西。天文学家也许会把它看成一轮满月，您的绘图员可能会认为是一张椭圆形脸的轮廓……"

"好吧，"皮特森说，"我们再回到伊格尔顿夫人身上。您跟她很熟吗？"

"哈里·伊格尔顿是我上学时的导师，毕业后，我来过这里几

① 拉斯柯尔尼科夫，俄国作家陀思妥耶夫斯基小说《罪与罚》中的主人公。他受无政府主义思想影响，认为自己是个超人，可以为所欲为。为生计所迫，他杀死放高利贷的房东老太婆和她无辜的妹妹。

② 托马斯·德·昆西（Thomas De Quincey，1785—1859），英国散文作家和评论家，著有《一个瘾君子的自白》。

次，参加聚会和晚餐。我跟他们的儿子乔尼和媳妇萨拉也是朋友。他们一起出车祸死了，当时女儿贝丝还很小。从那时起，贝丝就跟伊格尔顿夫人一起生活。最近我很少见到她们两个。我知道很久以前伊格尔顿夫人就患癌症了，还住了好几次医院……我曾在雷德克利弗医院见过她两次。”

“那么这个姑娘，贝丝，还住在这儿吗？她现在多大了？”

“肯定有二十八或者三十了吧……是的，她们住在一起。”

“我们得尽早跟她谈谈，我还想问她几个问题，”皮特森说，“你们谁知道我们现在能在哪儿找到她？”

“应该在谢尔登剧院，”我说，“她在参加乐队排练。”

“我回去会路过那儿，”塞尔登说，“如果您不介意的话，作为他们家的朋友，我想请您允许由我转告她这个消息。她可能还需要人帮她安排葬礼。”

“当然了，没问题，”皮特森说，“但葬礼得延后一些：我们要先做解剖。请您告诉贝丝小姐我们在这里等她。指纹小组还得工作，我们也许还会在这里待上个把小时。是您打电话报警的，对吗？你们还记得有没有动过什么吗？”

我们俩摇了摇头。皮特森叫来一个他的手下，这人拿着一个小录音机走了过来。

“我得请两位跟塞克斯副探长简单说明一下你们中午以后的活动。只是例行公事，然后你们就可以走了。不过接下来的几天里我可能还会打扰你们问几个问题。”

塞尔登两三分钟就回答了塞克斯的问题，轮到我时，我注意到他谨慎地站在一边等我结束。我以为他是想跟我道别，但当我走向他时，他示意我跟他一起走。

4

“我刚才在想也许我们可以一起走到剧院去，”塞尔登一边卷一支烟，一边说，“我想知道……”他有些犹豫，好像有些费力地寻找合适的措词。天色已然全黑，我看不出他脸上的表情。“我想确认，”他最终说，“我们在那里看到的情景是一致的。我指的是在警察到来之前，在所有的假设和解释之前，我们所看到的原始现场。我想知道您的第一印象，因为在我们俩之中，您没有事先得到任何信息。”

我想了一会儿，努力回想每一个细节；我也知道得表现得敏锐一些，不让塞尔登失望。

“我认为，”我谨慎地说，“几乎所有的事都和法医的解释相吻合，除了最后一个细节。他说看到鲜血后，凶手丢开枕头，马上逃走了，都没顾得上收拾一下……”

“难道您不这么认为吗？”

“他的确可能没有收拾，但离开前他至少还做了一件事情：将伊格尔顿夫人的脑袋转向椅背。就像咱们看到她时的那样。”

“您说的有道理，”塞尔登缓缓地点了点头，“那您认为这是什么意思？”

“我不知道，也许他不想看到伊格尔顿夫人睁开的眼睛。如果他是法医所说的第一次杀人，或许他一看到那样的眼睛就意识到自己所做的事，于是想用某种方法避开它们。”

“您是想说他之前就与伊格尔顿夫人相识，还是出于偶然选择了她？”

“我认为这完全不是偶然。引起我注意的是您之后说的——伊格尔顿夫人患有癌症。也许他知道这一点：不管怎样她很快都会死。这似乎符合您关于因为智力挑战而杀人的说法，似乎他曾设法将伤害减少到最小，如果不是她醒了的话，他采取的杀人方式甚至都可以说是相当仁慈的。也许他知道，”我突然想到，“您认识伊格尔顿夫人，而这件事会迫使您牵连进来。”

“有可能，”塞尔登说，“我也觉得这个人想用一种最轻微的方法来杀她。而这也恰恰是我们在听法医解释时我问自己的问题：如果一切顺利，而且伊格尔顿夫人鼻子没有出血，事情又会是怎样？”

“但您通过那封留言就知道了，这至少不是一起自然死亡。”

“的确如此，”塞尔登说，“原则上警方本该置身局外。我想这才是他的意图，这是个人挑战。”

“是的，但在这件事上，”我有些迟疑地说道，“我不明白他是什么时候给您写的留言，杀人之前还是杀人之后。”

“也许他在杀人前就写好了留言，”塞尔登说，“虽然计划的一部分进展得不顺利，但他还是决定继续，无论如何他还是把便笺放在我的信箱里。”

“您觉得从这会儿起他会做什么？”

“警察介入以后吗？我不知道。我猜下次他会更小心。”

“您是说，会是一起没有人认为是谋杀的命案？”

“对，”塞尔登说，几乎是在自言自语，“完全正确。一起没有人认为是谋杀的命案。我想我开始明白了：是察觉不出的谋杀案。”

我们沉默了一会儿。塞尔登似乎陷入了沉思。我们快走到大学公园了。对面的人行道上有一辆豪华轿车停在一家餐厅门前。我看到有位新娘拖着礼服的裙尾走了出来，一只手还扶着头上漂亮的鲜花头饰。一小群人围着她，摄像机的闪光灯闪起。塞尔登似乎并未留意到这一幕：他目不斜视地走着，全神贯注，完全沉浸在他自己的世界里。即便如此，我还是决意打断他，问他我最好奇的一点。

“在您告诉探长的话里，谈到关于圆圈和逻辑序列的问题时，您不觉得在符号和选择受害人之间应该有某种联系吗？也许跟选择杀人的方式有联系？”

“对，很有可能，”塞尔登有些心不在焉地说，似乎他之前已经考虑过这一点，“但问题是，就像我对皮特森说的，我们还不能肯定那究竟是个圆圈，还是别的什么符号，譬如说是一种诺斯替教派[①]的符号：咬住自己尾巴的蛇？或是沉默之誓[②]中第一个大写的字母 O。这就是只知道序列第一个符号的麻烦：得建立一个能解读这个符号的语境。我的意思是，你是否要从纯粹图形的角度来看待，例如是否要把它作为一个图形的句法层面来看，还是从可能具有某种意义的语义层面来看待。有一个相当著名的序列，我把它放在了我书的开头，作为解释这种模棱两可情况的第一个例子。我想想看……”

他说着，在口袋里翻找起来，最后找到一支铅笔和一本小记事簿。他撕下一页垫在本子上，一边走一边小心地画了三个图形，然后把纸递给我。我们已经走到玛格达林街，在街灯黄色光芒的照射下，我可以毫不困难地看清这些图形。第一个毫无疑问是个大写的 M，第二个似乎是一颗心在一条横线上；第三个是数字 8。

① 诺斯替教（Gnosticism）为早期基督教教派之一，公元一世纪至三世纪盛行于地中海东部各地。其基本思想认为现实世界是邪恶的，是囚禁人性的监牢，而精神世界则是善良的，是人们所追求的归宿。

② 沉默之誓（omertà）：意大利南部黑手党等黑帮强调的结社秘密，以内部的规范作为成员遵守的准则，若泄漏或违反必然需接受惩罚。

M ♡ 8

“您认为第四个图形会是什么?”塞尔登问。

“M，心，8……”我念着，竭力搞清其中的逻辑关系。塞尔登饶有兴致地等着我，让我再想几分钟。

“我相信你只要今晚在家静静想一会儿就会想出来，”他对我说，“我想告诉你的无非就是在目前阶段，我们似乎只得到了序列中的第一个符号，”他用手盖住心和8，“如果您只看到这个图形，字母M，您会想到什么?”

“会是一系列字母，或是一个以M打头的单词。”

“没错，”塞尔登说，“您已经赋予了这个符号一种意义，不是随便什么字母，而是非常具体的大写字母M的意义。然而，一旦您看到序列的第二个符号，事情就发生了变化，对吧?譬如说，现在您知道用这两个符号已经不可能拼出一个单词。第二个符号和第一个完全是不同类的，它可能会让你想到打扑克牌。不管怎样，在某种程度上，它令你对一开始赋予第一个字母的意义产生了怀疑。我们还是可以把它当成一个字母，但它究竟是不是M似乎已经不那么重要了。然后我们看到第三个符号，第一反应会是按照自己的理解重新组织三者的关系：如果将它看成数字8，我们就会考虑这是一个以一个字母开头，然后是一颗心，再接着是一个数字的序列。但是请注意，我们始终都是自然而然地想赋予它们某种意义，而它们事实上无非是画纸上的图案和线条。这便是这个序列迷惑人之处：你很难将这三个图形与它们最明显、令人最直接想到的解释分开考虑。现在，如果给你一段时间，你能将这些单纯的符号仅仅当作图形看，那么你就会发现一个将之前的所有意义统统摒除的常量，找到推导出这个序列后面符号的答案。”

我们经过“老鹰和小孩”酒吧[①]灯火通明的窗户。酒吧里，人们站在吧台边，举起啤酒杯无声地笑着，从外朝里看仿佛是在看无声电影。我们穿过马路朝左拐，绕过一座纪念碑。剧院圆形的围墙出现在我们面前。

“您的意思是，在这个案子里，我们至少还需要一个符号，才能建立逻辑语境。”

“是的，”塞尔登说，“只有第一个符号，我们完全不知道怎么办；我们甚至没法判断首先应该往什么方向思考：是否应该把这个符号只是看成画在纸上的记号，还是尽量赋予它某种意义。很不幸，我们只能等待。”

在跟我说话的时候，他已经迈上剧院的台阶，我紧跟着他走进大厅，不甘落后。入口处空无一人，但循着轻快、欢乐、舞曲般的音乐声要找到方向并不难。我们蹑手蹑脚走上台阶，经过铺有地毯的走廊。塞尔登推开一扇贴有菱形图案装饰护面的侧门，我们走进一个可以看到舞台上整支小型管弦乐队的包厢。他们在排练的好像是一支匈牙利恰尔达什舞曲。此时我们听到的音乐清晰响亮。

贝丝坐在位子上，身体前倾，绷得直直的，琴弓在大提琴上激烈地上下移动；我听着一个个音符令人眩晕地奔腾，仿佛鞭子抽打着马的侧臀，在音乐的轻快欢乐与演奏者的竭尽全力之间的对比，令我想起几天前贝丝对我说的话。她的脸因为专注于音乐而有些变形，手指在提琴的指板上飞速地划动。即便如此，她的目光还是有

---

① “老鹰和小孩”(The Eagle and Child Pub) 是牛津大学最著名的酒吧，位于圣吉尔斯街 49 号。

些游离，好像只有一部分的她在台上。我和塞尔登退回到走廊。他的表情变得凝重和谨慎。我觉察得出他很紧张：他机械性地又要卷纸烟，尽管那里不能抽烟。我低声向他道别，塞尔登用力地握住我的手，再次感谢我陪他过来。

“如果星期五中午有空，”他说，“我想请你在默顿学院共进午餐；到那时没准儿我们能想到些什么。”

“当然可以。星期五对我来说再好不过。”我答道。

我走下台阶，回到大街上。天冷下来了，而且下起绵绵细雨。我站在一盏路灯下，从口袋里掏出塞尔登画有三个图形的那张纸片，挡住溅上来的小雨点。半路上，我想到答案竟然那么简单，差点笑出声来。

5

我拐过康利夫街的最后一个弯走近家门时，看到警车还停在那里，而且现在还停了一辆救护车和一辆带有《牛津时报》标志的蓝色采访车。我正要下楼去我的房间，一个瘦高个、灰色鬈发耷在脑门上的男人叫住了我，他手里拿着小录音机和笔记本。他还没来得及作自我介绍，皮特森探长从大厅的窗户探出身子，朝我做了个手势让我过去。

"请别提到塞尔登，"他低声对我说，"我们只会把您的名字告诉媒体，就好像是您单独发现了尸体。"

我点点头，回到楼梯旁边。就在我回答记者提问的时候，我看到有辆出租车开过来。贝丝拿着大提琴下了车，她从我们身旁走过但没看我们。她必须向门口的警察说明身份才能进屋。她的声音听上去很虚弱，就像有些窒息一般。

"她就是那个姑娘了，"记者看了看表说，"我也得去和她谈谈，看来今天我是没法吃晚饭了。最后一个问题：皮特森刚才让您过去，跟您说了什么？"

我迟疑了一下。

"他说他们明天可能还会来找我问几个问题。"我答道。

"您别担心，"他对我说，"他们并没有怀疑您。"

我笑了。

"那他们怀疑谁呢？"我问他。

"我不知道，也许是那姑娘。这是最自然的，对不对？她是遗产和这房子的继承人。”

“我还不知道伊格尔顿夫人有钱。”

“是给战争烈士的抚恤金。不算一大笔财产，但对于一个单身女人来说……”

“不管这个了。但案发的时候，贝丝不是已经在排练了吗？”

这个男人把他的笔记本往前翻了几页。

“咱们来看一下：根据法医的报告，死亡发生在两点到三点之间。有一个女邻居看到她在两点过一点出门去谢尔登剧院。我刚给剧院打了电话：那姑娘是两点半整到排练现场的。但是在她出门前还有几分钟，因此她曾在家，有可能作了案，何况她是唯一的受益人。”

“您也要把这些写进报道里吗？”我想我的声音听上去有些气愤。

“为什么不呢？这可比把这事儿怪罪于一个小偷，提醒家庭主妇们关好房门有趣得多。我现在就去试着跟她谈谈，”他朝我露出一个坏笑，“明天您就看看我的报道吧。”

我下到自己房间，没有开灯，脱掉鞋子，一下子倒在床上，一只胳膊搭在眼睛上，回想我和塞尔登一起走进屋子的那一刻，以及之后我们一连串动作，但似乎没有东西可挖了：什么都没有，至少没有塞尔登正在寻找的那种东西。唯一清晰重现的就是伊格尔顿夫人倒下时脖子和脑袋耷拉下来的姿态，还有她张开的、惊恐的双眼。我听到一辆汽车发动的声音，便支着胳膊撑起身来朝窗外看去。我看到他们将伊格尔顿夫人的尸体用担架抬出来搬上救护车。两辆警车打开车头灯转向时，黄色的圆锥形灯光在一排房屋墙上飞快扫过一道光影。《牛津时报》的采访车已经不在了。这小型车队拐过第一个弯不见后，康利夫街的宁静与黑暗第一次让我觉得压抑。我心想，贝丝在上面独自做什么呢。我打开灯，看到了写字台上艾米莉·布朗森的论文，页边还写着我的一些笔记。我弄了一杯咖啡，坐下来，想接着看论文。看了一个多小时，毫无进展，也没有获得仁慈的平静，那种伴随着某个定理一步步推进而来的独特的精神慰藉，也就是在混乱中恢复的秩序。

突然，我似乎听到几下轻轻的敲门声。我把椅子朝后推，等了一会儿。敲门声又响起，这次更加清晰了。我打开门，在黑暗中认出贝丝有点难为情的脸。她穿着紫色的睡衣，趿着拖鞋，头发也只用一根发带在后面扎着，就像刚从床上慌里慌张跳下来。我让她进来。她站在门边，双手交叉抱着胳膊，嘴唇微微地颤抖。

“我能请你帮个忙吗？就今晚，”她吞吞吐吐地说着，“我在上面睡不着……我能在这里过一夜吗？”

“当然，当然可以，”我说，“我睡沙发，你可以睡床。”

她谢过了我，宽下心来，坐到椅子上。她有些茫然地环顾四周，看到我摊在写字台上的论文。

“你刚才在学习哦，”她说，“我不想打搅你。”

“没有，没有，”我说，“我正想休息一下，而且我也没法集中精神。我给你来杯咖啡吧？”

“如果可以，我想要杯茶。”她说。

在我一边烧水一边想用什么措词表示哀悼时，我们都默不作声。反倒是她首先开了口。

“阿瑟叔叔说是你和他一起发现了她……肯定很可怕。我也不得不看到她：他们让我认尸。我的上帝，”她说着，眼睛湿润起来，呈现出一种水汪汪的蓝色，“都没人顾得上帮她合上双眼。”

她转过脑袋，微微朝一侧仰着，强忍着不让泪水流下来。

“我真的很遗憾，”我低声说，“我知道你现在的感受……”

“不，你不会知道，”她说，“没人会知道。这是我这段时间以来一直在等待的事情。好多年前就开始了——虽然说出来有些可怕——从我知道她得癌症就开始了。我想象中的情景和现实几乎是一样的，那就是有人在我排练时跑来告诉我这些。我曾祈求这一切发生，祈求他们把她带走时我甚至都不用见到她。但是探长让我去辨认。他们都没有合上她的眼睛！”在断断续续的啜泣声中，她再次提起这件事，仿佛是莫名其妙受到的不公正待遇。“我待在她的身旁，但我没法看她；我害怕她还会用某种方式伤害我，拖着我跟她在一起，不放开我。我想她成功了：他们怀疑上了我，”她沮丧地说，“皮特森问了我许多问题，还装出那种体谅人的腔调，后来，那个差劲的报社记者都不加掩饰。我把我知道的都告诉他们了：我两点走的时候她在睡觉，旁边摆着斯克莱博棋盘。但我觉得我都没有力气来为自己辩护。我是那个最想见到她死的人，而且，我肯定比那个杀了她的人更希望她死。”

她似乎被紧张的情绪折磨着；双手不由自主地颤抖，一旦和我目光相遇，就交叉起胳膊，把手藏到腋下。

“不管怎么说，”我一边把茶杯递给她一边说，“我认为皮特森不会这么想；他们还掌握一些不想公开的情况。塞尔登教授什么都没对你说吗？”

她摇摇头，而我很后悔开了这个口。但是我看到她的蓝眼睛满含着期待，似乎不敢有什么希望，便断定拉丁式的鲁莽也许比不列颠式的保守更有人情味。

“我只能告诉你这些，因为他们要求我们保守秘密。那个杀你奶奶的人曾在塞尔登的信箱里放了一张纸条。上面写着你家的地址和时间：下午三点。”

“下午三点，”她慢慢重复了一遍，如释重负的样子，“那个时候我已经在排练了。”她微微露出笑容，似乎是一场长久而艰难的战争结束了，她啜了口茶，越过茶杯心怀感激地看着我。

“贝丝……”我说。她放在膝头的手就近在我的手边，而我必须克制住握它的冲动。“关于你先前说过的……如果在安排葬礼或者任何事情上需要我帮忙，不管是什么，尽管跟我说。我相信，塞尔登教授或者迈克尔肯定已经跟你说过愿意帮忙，但是……”

“迈克尔？”她说道，干涩地笑了，“没法指望他，这整件事情把他给吓坏了。”接着又带着轻蔑的声调补充道——就像是在说某个特别懦弱的家伙——“他已经结婚了。”

她站起身，没等我来得及阻止，已经走到我写字桌旁的水池边洗起杯子来。

“不过我想，我的确总是能得到阿瑟叔叔的帮助。我母亲生前一直这么跟我说。我觉得她是唯一知道那巫婆面具底下是什么样的人。她总是告诉我如果我孤单一人需要帮助，就去找阿瑟叔叔。‘如果你有办法把他从公式里拖出来，’她是这么跟我说的。他是个数学天才，是吗？”她以一种不经意间流露出骄傲的口吻问我。

“最伟大的之一。”我回答道。

“是啊，我母亲也这么说过。现在回想起来，我猜她暗恋过他。她总是惦记着阿瑟叔叔的到访。不过我最好马上闭嘴，不然我要把我所有秘密都说给你听了。”

“这很有趣啊！”我说道。

“一个没有秘密的女人会是什么样儿？”她摘下发带，放在床头柜上，双手将头发朝后拢，松开之前先稍稍举了一下。“哦，你不用理我，”她说，“这是一首英格兰老歌的副歌部分。”

她走近床边，铺开鸭绒被。双手放到睡衣领口。

“你能转过去一会儿吗？”她对我说，“我想把这脱了。”

我拿着自己的杯子走向水池，关上水龙头、水也不流了之后，我还是背对着她站了一会儿。我听到她叫我的名字，那颇为费劲地要读准我名字发音的样子真可爱。她已经钻到被窝里，头发迷人地散在枕头上。鸭绒被几乎盖到她的脖子，但还有只胳膊露在外面。

“我能请你最后帮个忙吗？是我小时候我母亲一直做的一件事。你能握着我的手，一直到我睡着吗？”

“当然可以。”我答道。

我熄了灯，坐到床边。月光透过窗子漏进来，照亮她裸露的胳膊。我将自己的手掌放在她的手掌中，手指交织在一起。她的手又暖又干。我凑近端详她手背上光滑的肌肤和修长的手指，上面的指甲短而干净，所有这些都已满怀信任地放在我的指间。但有样东西吸引了我的注意力。我轻轻转动我的手腕，好看到另一侧她的拇指。奇怪的是，她的拇指又瘦又小，像是属于另一只手的，像一个孩童的手，一个小女孩的手。我发现她睁开眼睛看着我。她想把手抽回去，但我把它抓得更紧了，并用我自己的拇指摩挲着她瘦小的拇指。

“这下让你发现了我最难为情的秘密，”她说，“我到现在晚上还会吮大拇指。”

6

第二天上午我醒来时，贝丝已经走了。我怅然看着她的身体在床上留下浅浅的凹痕，伸出手去找我的手表：已经十点了。我一跃而起，因为我已跟埃米莉·布朗森约好午饭前在研究所见面，但我还没看完她的论文。带着某种奇怪的感觉，我把球拍和网球服也塞进包里。今天是星期四，下午照例仍有球局。出门前，我还回头看了一眼书桌和床，失望。我期待的不过是一张小纸条，上面会有贝丝的只言片语，我不禁想，她这样的不告而别是不是也算是某种讯息。

这是一个和煦晴朗的上午，昨天发生的事情似乎已变得遥远而依稀有些不真实。可是我走到花园里，伊格尔顿夫人没在那里打理她的花坛，警方的黄色隔离带仍旧围在门廊上。在去研究所的路上，我拐到伍德斯托克路上的一家售货亭买了一只甜甜圈和一份报纸。来到办公室，我打开煮咖啡机，将报纸在写字台上摊开。伊格尔顿夫人被害的消息是本地新闻的头条，而且用了一个通栏标题“二战女英雄被杀”。报道还用了一幅伊格尔顿夫人年轻时候的照片，与现在差别很大，还有一幅外面停着警车、围着隔离带的房屋照片。报道提到尸体是被她的房客——一个数学系的阿根廷学生——发现的，她生前见到的最后一个人是她唯一的孙女贝丝。

报道中没有什么我不知道的内容；昨天深夜的尸检似乎也没什么新发现。一篇未署名的加框文章讲述了警方的调查情况。就其明显的冷漠文风，我一眼看出这是那个采访过我的记者居心叵测的手笔。他肯定地说虽然当时门没有上锁，但警方倾向于认为此案系某个外来闯入者所为。家中物品均完好无损且没有东西遭窃。他们显然还掌握了一条皮特森探长并不希望披露的线索。记者暗示凭这个线索就可能指控“伊格尔顿夫人的近亲成员”。他马上就点出其伊格尔顿夫人唯一的直系亲属就是贝丝，她将会继承“一笔财产”。该报道的结论就是，在此案取得新进展之前，《牛津时报》借用皮特森探长的建议告诫家庭主妇们忘掉以往的美好时光，每时每刻都应锁上房门。

我一页一页地翻找讣告栏；在伊格尔顿夫人的葬礼通告下面有一长串名字，包括英国斯克莱博拼字游戏协会和数学研究所，里面还有埃米莉·布朗森和塞尔登的名字。我把这页单独抽出来，放在写字台抽屉里。我又倒了杯咖啡，在我导师的论文中沉浸了一两个小时。到了一点，我到楼下她的办公室，见到她正在吃三明治，书上面摊着一张餐巾纸。我推开门，她一见就高兴地小声惊呼了一下，就像是看到我从一次充满危险的远征中平安归来。我们就那个案子谈了几分钟，我把我所能说的都告诉了她，但没有提塞尔登；看上去她很难过也真的为我担心。她问警察有没有过分打扰我，因为他们对外国人可能很不客气。看来她就差没有因为建议我租住在那儿而向我道歉了。趁她吃着三明治，我们又聊了一会儿。她两只手抓着三明治，一小口一小口像小鸟啄食般吃着。

“我先前不知道阿瑟·塞尔登在牛津。”我过了一会儿说。

“唔，我觉得他从来就没离开过这儿！”艾米莉微笑着说，“和我一样，阿瑟也认为，只要耐心等待，所有数学家最终都会到牛津来朝圣。他在默顿学院有永久教席。但他不太露面。你在哪儿遇到他的？”

“我在研究所的葬礼通知上看到他的名字。”我谨慎地答道。

“如果你有兴趣，我可以安排你们认识。他西班牙语讲得很好。他的前妻是阿根廷人，”她对我说，“她曾是艾希莫林博物馆的文物修护员，负责修缮巨型亚述浮雕墙。”

她突然打住，似乎无意间不慎说漏了嘴。

“她死了？”我试探着问。

“是的，”艾米莉说，“很多年前的事了。在和贝丝的父母同一起车祸中死的。车里有四个人。他们都是好友。是在去克洛威利度周末的路上出的事。阿瑟是唯一的幸存者。”

她折起纸巾，小心地扔进纸篓，以免碎屑掉下来。她喝了一小口瓶里的矿泉水，轻轻地将眼镜推到鼻梁上。

“好吧，”她说，蓝得近乎发白的眼睛注视着我，“你抽时间看过我的论文了吗？”

我带着球拍离开研究所的时候是下午两点。这是第一个酷暑日，街道仿佛也被夏天的烈日催了眠。我看到一辆双层牛津观光客车像条毛毛虫般笨重地在我面前缓缓拐弯。车上满载戴着鸭舌帽和遮阳帽的德国游客，他们指着克伯学院的红砖建筑露出崇敬的神情。在大学公园里，学生们在草地上随意地野餐。我突然有一阵强烈的怀疑感，似乎伊格尔顿夫人谋杀案已经消失了。不易察觉的谋杀案，塞尔登这样说。但是实质上，所有谋杀案，所有的死亡，几乎都不起波澜，瞬间便会消失不见。事情已经过去将近二十四个小时，仿佛任何事都未被打乱。我还不是像每个星期四一样要去打我的网球？但是我沿着通往网球俱乐部的弯道走时，注意到一种不同寻常的平静，仿佛某些细微的变化已经悄悄地发生了。我只听到一只孤单的网球有节奏地击打着墙壁，发出响亮的、带有震颤的回声。

停车场上没有约翰和赛米的车，但我看到洛尔娜的红色沃尔沃汽车停在球场铁丝网边的草坪上。我绕过更衣室的房子，看到她正对着墙壁专心致志地练习反手球。即便远远望去，也能看到她超短裙下露出的双腿线条优美，结实而修长，还能看到随着每一次挥拍，她的胸部起伏。她看到我朝她走去，就停下球，笑了，似乎在笑她自己。

“我以为你不来了呢。”她说。她用手背擦了擦额头，在我脸颊上飞快地一吻。她带着好奇的微笑看着我，既像是要憋着不向我打听什么事儿，又像是我们要一起合谋干某件事，但她不清楚自己要扮演什么角色。

“约翰和赛米怎么啦？”我问。

“我不知道呀，”她说，无辜地圆睁她绿色的大眼睛，“谁都没给我打电话。我差点以为你们三个串通好了把我一个人扔下呢。”

我去更衣室很快换好衣服，对这意外的好运感到有些惊喜。所有球场都空着；洛尔娜站在球场门边等着我。我抬起栏杆，她在我前面走，在走向长椅的短暂间歇，她又转身看看我，有些犹豫不决。末了，她似乎再也忍不住了，对我说：

“我在报纸上看到谋杀案的事了。”她的眼睛激动得快发光了。“上帝啊，我认识她，”她说道，似乎仍感到惊讶，又像是说，这层关系应该可以保护可怜的伊格尔顿夫人，“我在医院里也见过几次她孙女。真的是你发现尸体的吗？”

我点点头，从球拍套里取出球拍。

“我要你答应我回头把一切都告诉我。”她对我说。

“我已经承诺过什么都不能说。”我说。

“真的？那这事儿就更有意思了。我就知道还有别的什么！”她感慨道。“不是她，不是那个孙女，对吗？我提醒你，”说着，她拿一根手指抵住我的胸口，“跟你最喜爱的双打搭档不许有秘密：你必须告诉我一切。”

我哈哈大笑，隔着网递给她一只球。在这寂静无人的俱乐部中，我们开始在底线来回地拉长球。打网球时，唯一比某个激烈的回合更有意思的，就是一开始在底线来回对拉的热身，与比赛时尽快结束战斗相反，热身时就是要让来回击打的时间尽可能长。洛尔娜的正反手击打都非常自信，她很沉得住气，始终在边线上严密防守为自己赢得足够的空间，以便能调整身形再次抽球，从角上打出一个边角球来反击。

我们两个要么把球打得很远要么吊得很近，要让对方跑动着去接球，每次出拍的速度一点点加快。洛尔娜勇敢地防守着，从球场一侧奔到另一侧，球鞋在场上划出长长的印迹。她渐渐显出疲态，每打完一分球，她就喘着粗气回到场中间，肩后的马尾辫好看地晃动着。她对着太阳，短裙下修长、黝黑的双腿闪着光。我们默默地打球，全神贯注，似乎有什么更重要的事正在球场上发生。在一个时间比较长的会合中，她抽了一记角度刁钻的球后必须跑回中间位置，不太舒服地反手接我的回球。当她扭身时，一条腿失去了平衡，她重重地侧摔在地，接着便仰面朝天瘫倒在那儿，球拍甩得远远的。

我有些担心地朝网前奔去，发现她没摔伤，只是筋疲力尽了而已。她大口喘着气，胳膊张开着，似乎没有力气站起来了。她看着我，绿色的眼睛在阳光下闪烁着一种奇异的光芒，有些嘲弄又有些期待。我扶起她的脑袋，她用胳膊肘半支起身体，另一只胳膊绕到我颈后。她的嘴唇离我的嘴唇很近，我能感觉到她大口大口喘出的热气。我吻了她，她拉住我，让我俯身在她身上，慢慢躺倒在地。我们分开了一会儿，第一次用情人间那种深情、幸福、略带惊讶的目光互相凝视。我接着吻她，感到她的乳房紧紧贴着我的胸。我的手滑入她的汗衫，她让我抚摸了一会儿她的乳头，但当我的另一只手企图滑进她的裙底时，她警觉地挡住我。

“等一下，等一下，”她悄悄说，朝四周张望了一下，“在你们国家，人们也是在网球场上做爱的吗？”她捏住我的手把我轻轻推开，又给了我飞快的一吻。“咱们去我家吧。”她站起身来，整理了一下自己的衣服，拍掉裙子上粘的砖灰。“你去拿你的东西，别冲澡了，”她小声说，“我在车上等你。”

她静静地开着车，自顾自地微笑，不时稍稍转过头看一下我。在等一个红灯的时候，她伸手拍了一下我的脸。

“但是，”我突然问她，“约翰和赛米他们……”

“哦不！”她笑着说，但是口气不像一开始那么坚决，“我与此事无关。难道数学家都不相信巧合吗？”

我们把车停在夏镇①的一条小路上。沿着一个铺有地毯的小楼梯上了两层楼；洛尔娜的房间是一幢维多利亚式大房子里的阁楼套间。她让我进了门，我们贴着门又一次接吻。

“我去一下浴室，好吗？”她说，然后穿过走廊朝一扇磨砂玻璃门走去。

我待在小厅里打量着周围。房间里有一种温馨的凌乱感，旅行时的照片，玩偶，电影海报，还有许多书塞在小书架上。我凑上前

---

① 夏镇（Summertown）位于牛津城北边的郊区，康利夫街也在那一带。

去看那些书名。都是侦探小说。我又朝卧室探头看了一下：床铺得很整洁，床罩长及地板。床头柜上有一本打开的书，面朝下放着。我走上前去，把书翻了过来。我看了下书名，又往上看了看作者的名字，不由惊呆了：是塞尔登那本关于逻辑序列的书，书上许多段落下划满了线，空白处还写着模糊不清的批注。我听到了浴室门打开的动静，然后是洛尔娜光脚走在走廊里的脚步声，接着是她叫我的声音。我把书放回原位，回到客厅。

“好了，”她在门口说，我看到她已经一丝不挂，“你还穿着裤子？”

7

“在真相和能被证实的部分真相之间是有差别的。这其实是塔尔斯基[①]对哥德尔定理做出的一个推论，”塞尔登说，“当然了，法官、法医、考古学家早在数学家之前便已知道这一点。我们思考任何犯罪时只考虑两种可能的嫌疑人。他们双方知道关键性的部分真相：是我或者不是我。但法律不能直接得出这个真相；必须经过一条艰苦曲折的道路收集证据：审讯，不在犯罪现场的证据，指纹，等等。有许多情况因为证据不足而无法证明这个嫌疑人有罪，那个嫌疑人无罪。实际上，哥德尔在一九三〇年用他的‘不完备性定理’所验证的恰恰也是在数学中出现的情况。可以上溯到亚里士多德与欧几里得时代的验证真理的机制，数学家赖以自豪的以证实真理为出发点、在确凿无疑的最根本元素的基础上一步一步严格按照逻辑推导出结论的方法——也就是我们所称的公理化方法——有时候也是不充分的，就如同运用法律中有不可靠、不确定的标准一样。”

塞尔登稍稍停顿了一下，侧身去邻桌找了张餐巾纸。我以为他要在上面写某个公式，但他只是迅速抬手擦了下嘴角，接着说：“哥德尔指出，即便在最基本的算术层面，也有一些命题从公理的

① 阿尔弗雷德·塔尔斯基（Alfred Tarski，1902—1983），著名逻辑学家、数学家，华沙逻辑学派的主要代表人物。生于波兰犹太人家庭，二战前移居美国，入美国国籍。他和哥德尔一起“改变了二十世纪逻辑学的面貌”。塔尔斯基的研究工作涉及一般代数、测度论、集合论、数理逻辑和数学基础以及元数学等领域，其中尤以对逻辑语义学的研究引人注目。他的语义学真理理论是二十世纪影响最大且被广泛接受的真理理论之一。

角度是既无法证明也无法推翻的，它们超出了形式机械论的范畴，让人无法证明；任何一个法官都无法裁断这些命题是真是假，有罪还是无罪。我在读本科的时候第一次接触哥德尔定理，伊格尔顿是我的导师；当我终于明白，尤其是**接受**这一定理真正的含义的时候，最令我震动、也最令我感到奇怪的是，在那么长的历史中，数学家们居然在极端错误的直觉主义思路下，还不慌不忙、泰然自若地处理问题。更过分的是，几乎所有人一开始还都认为是哥德尔错了，很快会有人指出他的论证中的漏洞；连策梅洛[①]都放下自己的工作，花了整整两年时间试图推翻哥德尔定理。于是我问自己的第一个问题便是：为什么几个世纪以来，数学家们从未碰到过这些无法确定的命题？为什么在哥德尔之后，数学的各个分支还能平稳地延续其道路？”

我们是默顿学院食堂教员长桌上最后两个还没有走的人。在我们面前，是一排毕业于本学院的名人肖像。在画像下的铜牌中，我只认得 T.S. 艾略特的名字。勤杂工在我们周围小心地收拾着那些已去上课的教师留下的盘子。塞尔登在水杯被拿走前，抓起喝了一大口水，继续说：

“当时我还是狂热的共产主义者，马克思在《德意志意识形态》中说的一句话给我留下了深刻的印象，他说，从历史上看，人类只提出了自己能够回答的问题。我一度认为这是能回答我困惑的关键：在实践中，数学家们可能只会片面地提出他们有办法证明的问题。当然，他们并不是下意识地给自己挑简单的任务干，而是因为数学上的直觉（这是我的猜测）已经和证明方法不可分割地互相渗

① 恩斯特·策梅洛（Ernst Zermelo，1871—1953），德国数学家，公理集合论的主要开创者之一。

透在一起，并且，以一种我们可以说是康德式的方式导向那些要么可以证明，要么可以推翻的命题。直觉的心理活动中象棋跳马般的跳跃，并不是像通常所认为的那样突发、戏剧性的灵感迸发，而是通过缓慢、龟爬般论证最终必然能够得出的结论简约版。

“我就是在那个时候认识贝丝的母亲萨拉的。萨拉已专攻物理，并已经是伊格尔顿夫妇的独子乔尼的未婚妻，我们三人常常一起打保龄球，一起游泳。萨拉和我谈起了量子物理学中的‘测不准原理’①。当然，您知道我指的是什么：那些在天体运动、球体撞击等宏观的物理现象中适用的清晰、简洁的公式，在无穷小的亚原子世界却不再管用，在那里，每一个事物都复杂得多，逻辑悖论也再次出现了。这完全改变了我的方向。她跟我谈海森堡测不准原理的那一天，从许多方面来说都很奇怪。我想那是我生命中唯一能够记住每一个小时细节的一天。当我听她讲的时候，我突然有了那种直觉，就像是跳马，您可以想象，”他笑着说，“我的直觉告诉我这现象同样也发生在数学中，一切的一切，从根本上讲，只是一个范畴问题。哥德尔发现的那些无法确定的命题肯定相当于一个无穷小的亚原子世界，这个世界是常规的数学所看不到的。剩下要做的事情就是如何正确定义‘范畴’的概念。我所证明的基本上就是，如果一个数学问题可以在那些公理的‘范畴’内公式化，那它肯定属于数学家常规的世界，有可能得到证明或推翻。但如果需要用另一种范畴才能把它写出来，那么它就有可能属于另一个无法证明也无

---

① 测不准原理又名不确定原理，是量子力学的一个基本原理，由德国物理学家沃纳·海森堡（1901—1976）于一九二七年提出，该原理表明：一个微观粒子的某些物理量（如位置和动量，或方位角与动量矩，还有时间和能量等），不可能同时具有确定的数值，其中一个量越确定，另一个量的不确定程度就越大。测量一对共轭量的误差的乘积必然大于常数 h/2p（h 是普朗克常数）是海森伯在一九二七年首先提出的，它反映了微观粒子运动的基本规律，是物理学中又一条重要原理。

法推翻的世界：它隐藏在表面下，无穷小，却又无处不在。你能想象，这一论证工作最艰巨的部分，花费了我三十年心血的工作，就是要说明从欧几里得到现在的数学家形成的所有问题和猜想，都可以在与相应的公理系统同阶的范畴中重写。我最终证明的就是通常意义上的数学，也就是所有的数学家同仁每天为之努力的数学，全都属于宏观世界中‘看得见’的层面吧。”

“但我想这不是偶然吧。”我打断他。我试图把我在研究班上陈述的那些结论和我现在所听到的联系起来，并且在塞尔登给我所描绘的巨大图像中找到它们相应的位置。

“不是，当然不是。我的前提是它与几个时代流传下来、本质上恒定的美学观深刻相连。并不存在康德式的规格标准，但存在一种简单、优雅的美学观，引导人们提出各种猜想；数学家相信，一个定理的美，在于起点上公理的简单性与终点上论点的简单性之间达到某种完美的比例。连接这两者之间的道路永远是棘手、费力的，也就是论证过程。只要这一美学观念不变，无法确定的命题就没有理由‘自然而然’地出现。”

勤杂工拿着一壶咖啡回来，给我们的杯子斟满。塞尔登沉默了一会儿，似乎还不太确定我是否领会了他的意思，也可能是觉得自己讲了这么多，有些不好意思。

“最引起我关注的是，”我对他说，“我在布宜诺斯艾利斯所做论文推论的答案，实际上就是您随后发表的关于哲学体系的推论。”

“那个实际上要容易得多，”塞尔登说，“差不多只是哥德尔不完备性定理的外延：任何一个从基本原理出发的哲学体系必然有其有限的范围。请您相信我，吃透所有的哲学体系，比吃透数学家永远死死抱住不放的那个单一的思想母体要方便得多。原因很简单，因为所有哲学体系野心太大；这本质上只是一个供求平衡问题：你告诉我你想知道多少，我就会告诉你你有多大的把握能阐明它。但是到最后，当我做完研究，三十年后再回首，我发现我当初对马克思的那句话而产生的想法居然那么严重地误导了我。就如许多德国人会说，它最终既被定理消解了，也包含在定理里了。是的，猫并不只是分析老鼠：它分析老鼠是为了吃它。但同时，猫并不会把所有动物都当作食物来分析，它只分析老鼠。与此相似，历史上，数学推论都遵循着一个标准，而这个标准实质上就是一种美学观念。我发现这是一种有趣的、出人意料的概念置换，但又是必然的、康德式先验主义的。这一条件不那么严格、却更难以捉摸，但又正如我的定理所表述的那样，还是能够说明一些问题，产生一些影响的。如你所见，”他以近乎道歉的语气说，“要摆脱这种美学观念可不容易：我们这些数学家总是喜欢希望自己说出来的东西都是有意义的。但是，从那时起，我便在其他领域开始研究被我称之为推理美学的东西。如往常一样，我总是从最简单或至少是最接近的类型开始：犯罪调查的逻辑。我发现它和哥德尔定理有惊人的相似之处。每一起案件毫无疑问总有一个真相的概念，所有可能的解释中只有一个真实的答案；但另一方面，也总是有一些物质线索，一些并不矛盾的事实，或者至少如笛卡尔所说，远在合理的怀疑之外：这些就是公理。但这样我们就处在熟悉的领域内了。如果不是提出假设、对事实加以可能的解释、再证明解释的正确性这一我们熟悉的游戏，犯罪调查究竟是什么？我开始系统阅读现实中的凶杀案，翻阅公诉人交给法官的报告，研究法庭如何评估证据的真伪、如何决定判罪或赦免。我又像青春期一样，看了几百本犯罪小说。我渐渐发现许多有趣的细微差别，一种犯罪调查固有的美学观。也发现了错误，我指的是犯罪学上的理论错误，这个可能更有趣。”

“错误？什么样的错误？”

“第一个，也是最明显的一个，就是过分注重实物证据。想想眼下这起案件调查中发生了什么。你还记得皮特森派了一个警员去找回我看过的便笺吗？在这里就又一次出现了真实的事和可以被证明的事之间典型的、无可弥补的裂缝。我看到了便笺，但这也是他们无法得到的真相的一部分。我的证词对于他们的例行公事并无多大用处，还不如那张小便笺有用。但这个叫威奇的警员，还是尽其所能认真完成他的工作。他询问了布伦特，反复向他询问所有的细节。布伦特对我纸篓里那张一折为二的便笺纸记得很清楚，但是，他显然对这张纸没有丁点儿兴趣。他也记得我去问过他有没有办法把那张纸找回来，他跟威奇重复了对我说过的话：我把纸篓里的东西都倒进一只差不多塞满的垃圾袋，袋子很快就拿到院子里去了。当威奇赶到默顿学院时，垃圾收集车在差不多半小时前就已经开走了。皮特森还想了别的法子，他又派一辆巡逻车去拦截那辆垃圾车。可是当那辆垃圾车出现时，车上那套持续挤压垃圾的设备使得找回那张便笺的最后一线希望也彻底破灭了。昨天皮特森给我打电话让我向绘图员描述字迹，我能感觉到他对没拿到那张便笺很失望。大家公认他是这里多年来最好的探长，我看过他参与的许多案例的完整记录。他是一个细心、办事深入且不易通融的人。但我还是得说，他仍然只是个探长，我的意思是说，他所受的训练还是警察办案的那一套：你都可以预见他接下来要干什么的思路。不幸的是，像他这样的人往往会遵循奥卡姆剃刀定律：只要没有可以反证的实物证据，他情愿作简单的而不是复杂的假设。这是第二个错误。这不只是因为真相通常都是复杂的，主要是因为如果凶手当真很聪明，事先精心策划过谋杀的话，那他就会给所有人留下一个轻易想到的解释，一层烟幕，就像魔术师离开舞台一样。但按照小里小气的假设逻辑，另一种推论则占据了主导地位：如果已经掌握了可能更直接的解释，为什么还要设想什么奇怪、非同寻常的解释，譬如一个对智力自视甚高的凶手？我几乎不用动脑子就能感觉到皮特森倒退回去，重新考虑他的假设。如果不是他已经证实那天下午一点到三点我在给我的博士生上答疑课的话，我想他都开始怀疑我了。估计他们也去核查你的陈述了吧。”

“对。案发当时我正在博德利图书馆[①]。我知道他们昨天去那儿打听过我了。幸亏我的口音，图书管理员对我有印象。”

“所以案发时候你在查阅图书？”塞尔登带着嘲讽扬起了眉毛，“这一次，知识真是救了我们。”

“那么您觉得皮特森现在会把矛头指向贝丝吗？昨天他们问过她以后，她吓坏了。她觉得探长盯上她了。”

塞尔登思考了一会儿。

“不，我觉得皮特森没这么笨。但是要注意奥卡姆剃刀定律的危险。你设想一下，那个凶手，且不管他在哪儿，如果他觉得自己并不喜欢杀人，或者流血事件和警察介入扫了他的兴；反正设想一下那个杀手不管出于什么原因决定退场消失。那么我会觉得皮特森会把目标转向她。我知道今天上午他又去问她了，但这么做可能只是一种转移对手注意力的策略，或者是一种刺激凶手的方式：那就是装着对他一无所知，装作这是一桩普通案件，一桩家庭谋杀，就像报纸上暗示的那样。”

---

① 博德利图书馆（bodleian library）是牛津大学中心图书馆，也是英国第二大图书馆。钱钟书曾译为“饱蠹楼”。

“但您不是真的认为凶手会放弃这个游戏吧。”我说。

塞尔登似乎在很严肃地考虑我这个问题，比我想象的还要严肃。

“不会，我认为不会，”他终于说，“我只是觉得他会做得更加……不露痕迹，就像我们先前说的那样。你现在有空吗？”他一边问我，一边看了看食堂的钟，“雷德克利弗医院的探视时间马上开始了，我要去那里。如果你愿意跟我一起去，我想让你认识一个人。”

8

我们穿过学院后面带有石头拱门的长廊走出去。塞尔登远远地指给我看十六世纪的皇家网球馆，爱德华七世曾在那里打球，因为那些围墙，我还以为是回力球馆。我们过了街，沿着一条像两幢房子之间裂缝似的小道走，这小道就像是用一把长剑一剑斩下，奇迹般地把一块石头从上到下劈开而形成的。

“这是条近路。”塞尔登说。

他走得很快，走在我前面一点，因为小道容不下两个人并行。走出过道，我们来到一条沿河的小路。

“希望医院不会让你觉得不舒服，”他对我说，“雷德克利弗医院可能显得有些压抑。它有七层。有位意大利作家你可能知道，迪诺·布扎蒂[①]；他写过一个短篇小说就叫《七层楼》。这是他来牛津做讲座时，从在这家医院经历的一件事上得到的灵感：他在一篇游记里讲过这次经历。那天很热，他离开演讲厅时有点头晕。为防意外，组织者坚持让他去雷德克利弗医院做检查。他们把他带到顶楼，那一层用于轻微病症和普通门诊。他们在那儿给他做了初步的化验和检查。一切都很正常，但是为防万一，他们要给他做一些更专门的检查。为此，他们必须下一层楼，东道主们会在楼上等他做完所有检查。他们让他坐进轮椅里将他推走，虽然这让他觉得有些过头，但他还是情愿把这归结为英国式的热情。在六楼，他看到走

① 迪诺·布扎蒂（Dino Buzzati，1906—1972），意大利著名小说家、画家、诗人。

廊里、候诊室里，有人脸烧伤了，有人绑着绷带，有人横躺在担架车上，还有盲人、残疾人。他们让他也躺到担架车上做X光检查。做完他正要坐起来，放射科医生告诉他发现一处小小的异常，也许没什么大碍，但是在其他检查结果出来之前，他最好还是保持平躺的姿势。他们还告诉他得再留他观察几个小时，这样他就要被送到五楼，在那儿他可以一个人待在一个房间里。

在五楼，走廊里空荡荡的，但有些门虚掩着。他能看到其中一个房间里，有人躺在床上，手臂上插着输液管。他一个人待在房间里，在担架车上躺了几个小时，心里越来越紧张。终于进来一个女护士，端着托盘，上面有把剪刀。是四楼的一位X医生派她来剪掉他脑后的头发，他会做最后的评估。几绺头发掉进托盘，布扎蒂问那个医生会不会上来看他。护士笑了，似乎这事儿只有外国人才会想到问，她说每个医生都情愿待在自己的楼层。她会亲自送他到楼下去，让他在一个靠窗的地方等。这栋楼呈U字形，布扎蒂从四楼的窗口朝下看去，能隐约看到一楼各个房间的百叶窗，他在他的短篇小说里描写了一楼的情形。有几扇百叶窗拉开着，大多数关着。他问护士谁在一楼那里，得到的回答在他的短篇里也有体现：只有神父在那里工作。布扎蒂写道，在等待医生到来的那一小时可怕时间里，有一个数学概念在他脑中挥之不去。他意识到四楼恰恰就是从七到一倒数的中间数，一种迷信的恐惧感告诉他只要他再下一层，一切都完了。他时不时地听着楼下传来的声音，那声音仿佛是沿着电梯的空洞爬上来似的，听上去像是什么人痛不欲生的绝望喊叫。他决定不管是谁以什么理由让他再下一层，他都要拼命抵抗。医生终于来了。不是X医生，而是Y医生，负责他的主治大夫。Y医生能讲点意大利语，也知道他的作品。Y医生迅速扫了一眼那些分析报告和X光片，对他年轻的同事X医生竟然要求给他削头发而表示了惊讶；他说，也许D医生是想做一个预防性的穿刺，但不管怎样，这些根本都是没必要的。所有一切都很正常。他向他道歉，说希望他不要因为听到楼下传来的那些喊叫而觉得很不舒服。那是一起交通事故中唯一的幸存者。三楼可能有些吵，他说，那里的很多女护士都用上了耳塞。但那个可怜人也许很快就会被送到二楼去，一切就恢复平静了。

塞尔登下巴朝前示意现在我们面前的巨大的暗色砖墙。然后他似乎努力着要保持同样平静、有序的声调来结束这个故事，他说："那篇游记注明的日期是一九六七年六月二十七日，是我在车祸中失去妻子的两天后，在这次车祸中，约翰和萨拉也死了。那个在三楼垂死挣扎的人，就是我。"

9

我们默默地沿医院门口的石阶而上，走进大堂，又穿过长长的前厅：塞尔登在走廊里同几乎所有迎面遇上的医生和护士都打招呼。

“我在这儿住了近两年，”他告诉我，“之后的一年里我每星期都得回来。现在，我有时还会在半夜醒来，以为自己又在哪个病房里。”他指给我看一处拐角，那里露出一段陈旧的螺旋形楼梯的台阶。“咱们上二楼，”他对我说，“从这儿上去更快。”

二楼是一条长而明亮的走廊，有一点教堂般深邃幽闭的寂静。我们的脚步声激起了恼人的回响。每层楼面都像是刚刚打过蜡，闪闪地发着光，仿佛都没什么人从上面踩过。

“那些护士把这儿叫作鱼缸，或者素食部。”塞尔登说着，推开了一间病房的自动合页门。

房间里有两排病床，床与床之间都挨得特别近，就像是在野战医院一样。每张床上都有一个身体，只有脑袋探在外面，并且都连着人工呼吸机。那些呼吸机产生的综合效应就是徐缓而深邃的哗啦声，真的会令人联想到水底世界。当我们通过两排病床之间的空隙往前走时，我看到每个身体的一侧都露出一个收集排泄物的袋子。这些身体，我想，都只剩下几个基本的孔的功能了吧。塞尔登捕捉到了我的表情。

“有次我在夜里醒来，”他低声对我说，“听到两个在这儿值班的女护士在窃窃私语谈论着那些‘脏兮兮的家伙’，就是每天两次会把袋子装满的那些人，而她们额外的工作就是下午要换袋子。这些人的真实状况没人在乎，这个病房里‘脏兮兮的家伙’撑不了多久。但不管怎样，她们都得努力应付一下，你可以想象，他们的情况总是会恶化一些，然后就被转到其他地方去。欢迎来到佛洛伦斯·南丁格尔[①]的家乡。她们绝对不会受到惩罚，因为那些家属不可能投诉——他们几乎从不上这儿来，开头来上一两次，然后就消失了。这里就像个仓库，很多人多年以来就这么插着管子。我尽量每天下午都来：因为最近弗兰奇也不幸地变成了‘脏兮兮的家伙’，我可不想有什么怪事发生在他的身上。”

我们在一张床边停了下来。那个人，或者说那一副皮囊所剩下的，是一颗头颅，灰白的头发稀疏干枯地搭在耳朵上，可以清楚地看到他太阳穴上突起的静脉血管。被单下面的身体似乎萎缩掉了，使得床显得太大，我想没准儿他两条腿都没了。他胸口上单薄的白布几乎纹丝不动，鼻翼颤动着，塑料面罩却没有因为他呼出的气而变得模糊。他的一条胳膊伸在外面，上面系着一个铜的环扣，我乍看以为它必定连着监测脉搏的仪器。而实际上，那是一个将他的胳膊固定在一本笔记本上的工具。在他的拇指和食指之间居然巧妙地拴着一支短铅笔。但那只指甲很长的手瘫软无力地搁在空白的纸页上。

“你也许听说过他，”塞尔登对我说，“他是弗兰克·卡尔曼，他发展了维特根斯坦的‘遵守规则’和‘语言游戏说’的理论。”

我礼貌地说这个名字很耳熟，但印象很模糊。

“弗兰克不是专业的逻辑学家，”塞尔登说，“事实上，他也从来都不是一个钻在论文和学术会议里的数学家。他一毕业就在一家

---

① 弗洛伦斯·南丁格尔 (Florence Nightingale，1920—1910)，英国护理学先驱、妇女护士职业创始人和现代护理教育的奠基人。国际护士理事会将五月十二日南丁格尔的生日定为国际护士节。

大型人力资源公司谋了一个职位，工作就是给不同职业的应聘人出试题和评估。他们把他派到了负责符号处理及智商测试的部门。几年后，他们让他负责制定英国第一套初中标准化水平测试。他一生都在制作逻辑序列，就是我曾给你看过的那类最基本的序列：给出三个连续的符号，接着写出第四个。或者是由数字组成的序列：给出数字 2，4，8，写出下一个。弗兰克是个仔细而固执的人。他喜欢一份一份地审阅堆积如山的试卷，于是开始发现一个相当奇怪的现象。当然，弗兰克后来得体地写道，的确会有你可以说是完美的试卷，答卷者的解答与考试者的期望值完全吻合。还有的就是占绝大多数的、被弗兰克称作普通阵营的试卷：试卷中答错的地方都是意料之中的类型。但还有第三类，也是人数最少的一类，引起了弗兰克的注意。那是一些几乎完美的试卷，除了一个答案，几乎所有解答都不出意料。它们与普通试卷的区别就在于，那个唯一不同的答案中所犯的错误乍看似乎完全是无意犯下的，是盲目或随机选择的序列下一个符号，与惯常的错误相比显得着实离谱。出于好奇，弗兰克想到请这一小撮人中的一个来解释他的答案，就在那时，他发现了第一个惊奇的地方。他之前认为不正确的答案事实上是另一种可能的解答，而且只需要一个更为复杂的解释，这个答案完全可以让序列延续下去。有意思的是这些答题人并没看过弗兰克提出的基本解答方法，而是直接跳过了这种思路，就好比是在一块跳板上，在某个瞬间，已经弹到了很远的地方。关于跳板的形象也是弗兰克想出来的。他认为写在纸上的三个符号或数字就相当于跳水者奔向跳板的跑道。从这一观点出发，这一类比似乎给了他第一个解释：对于一个习惯于跳跃式思维的人而言，自然要舍弃眼下唾手可得的解答，而去找一个最遥远的答案。但这，当然从根本上动摇了弗兰克从事了毕生工作的设想依据。

他一下子失去了头绪。对他的序列的解答并不是唯一的：此前他认为是错误的答案可能是另一种答题思路，并且在某种程度上，还可能是‘很自然’的答案。他甚至看不出有没有一种方法可以分辨出究竟是偶然得出的回答，还是某个智力超群、思维活跃的人可能选择的下一个序列答案。就是在这个当口，他来看我，而我则不得不告诉他那些坏消息。”

“维特根斯坦关于无穷尽的规则的悖论？”

“一点没错。在一个全真试验中，弗兰克通过实践重新发现了维特根斯坦在几十年前已经在理论上证明过的事：不可能确立一个笼统的规则和自然的顺序。2，4，8 的序列接下来可能是数字 16，但也可能是 10，或者 2007：总是能找到一个解释、一种规则来将任何一个数添加为第四个数。任何一个数，任何一种延续方式。知道这一点并不会让皮特森探长感到任何有趣之处，还差点让弗兰克发狂。那个时候他已经七十多岁了，但还是来征求我的看法，就像重新当回了学生一样，并且有勇气进入那个被遗弃了的洞穴，也就是维特根斯坦的研究领域。您也知道下坠到维特根斯坦的黑暗之中是怎么一回事儿。曾有一刻，他感觉来到了深渊的边缘。他发觉他甚至都不能相信平方的计算规则。但是伴随着一个念头他又浮了出来，这个念头和我当时在思考的东西极其相似。他凭着一个近乎狂热的信念，牢牢地抓住海难中的最后一块木板——他试验得出的统计结果。他认为维特根斯坦的想法在某种程度上只是理论上的结果，是在一个柏拉图式的世界中得出的结果，而具体的人思考这些问题的方法是有所不同的。而最终只有极少数的一部分人想到了那些非典型性的答案。于是他便假设，如果一开始所有的回答都是同等可能的，那么在学习符号过程中，也许有什么东西被铭刻在了人类的心理或者同意 / 反对的游戏中，这就将大部分人都导向了同一个地方，导向一个被那部分人认为是最简单、最清晰或者是最讨人喜欢的答案。他的思考方向和我的完全一致，运用某种先验美学的原则，为最后的选择筛选出为数不多的几个可能性。当时他提议要给他称为普通论据的东西下一个绝对的定义。但是他选择的道路真的很奇怪。他开始探访精神病医院，给脑白质被切除了的病人做他的那些测试题。他收集梦游症患者梦游时只言片语的样本和他们写下的符号，参加催眠术研究班。他还特别研究了那些脑部受伤、几乎处于植物人状态的病人试图传送的符号种类。他实际上要找的东西几乎是不可能存在的：研究当人的行为不再具有理性时，理性还剩下什么起作用。他认为也许可以找到与人在认知过程中打下烙印的原始痕迹或习惯性途径相对应的固定行为或余波。但我认为他对他计划要做的事情已经具有某种病态的倾向。随后不久他就被查出得了某种出现恶性变异的癌症，他的双腿先后发生癌变，医生只能先后截肢。我在他第一次截肢后来看过他。照当时的情形看来，他的心情算是不错的。他把医生送给他的一本书拿给我看，书里面有由于各种事故、自杀未遂或遭到棒击而造成的头颅部分损伤的照片，其中还对各种大脑受伤的后遗症及其相互间的联系进行了详尽的临床描述。他带着神秘的表情，给我看某一页上一个大脑的左半球，顶骨窿突是因为一颗子弹而遭到了部分的损坏。他让我把图片底下的文字念出来。这个自杀者曾处于几乎完全昏迷的状态，但是他的右手在几个月内一直在画各种奇怪的符号。弗兰克跟我解释说在他去各家医院的过程中，已经找到了他所采集的符号种类和那个昏迷病人所从事的职业之间的紧密联系。

弗兰奇是个极其害羞的人。他唯一一次向我坦白的人之常情是，他很遗憾自己从来没结过婚；他苦笑着对我说，他这辈子没做多少事，但是他编写逻辑符号已经有四十年了。他相信，对于他的实验，没有比他自己更好的范本了。他坚信在自己画出的符号中，他会找到、并且总有办法解读出那种被编码的残留痕迹或原始基础。总之，他不想在第二条腿被锯掉前，研究仍停滞不前。但他还剩最后一个问题有待解决，那就是怎么确认子弹对大脑的伤害程度尚未伤及神经系统的运动神经元功能。这么多年来我对他已经有了感情。我告诉他对于他的计划还没做好帮助他的准备，他便问我如果他成功了，我会不会解读他画的符号。”

我们同时看见他的手突然抽搐着颤颤巍巍地抓紧了笔，就像是触电了一般。我有些惊恐地专心看着铅笔在纸上缓慢而笨拙地划动着，但塞尔登似乎不太理会这些。

“每天到了这个时候他就开始写，”他说道，也没有压低嗓门，“然后到了晚上还会继续写。总之，弗兰奇真聪明，而且也找到了办法：一支普通的手枪，哪怕是小口径的，也会因子弹内部爆炸产生碎片而增加失误的可能性。他需要某样东西能穿透前额壁，然后像一支小鱼叉一样干净利落地抵达大脑。医院当时正在维修，他似乎在和某个工人谈论工具时获得了灵感。最后他靠一把钉枪做成了这件事。”

我半弯着身子努力地辨认着纸上凌乱的笔画。

“字迹越来越模糊了，”塞尔登说，“直到最近，他的字迹还能非常清楚地辨识。他写来写去，实际上只是反复写四个字母。一个名字的四个字母。这几年里，弗兰奇没有写过一个逻辑符号和数字。他不停地写的，只是一个女人的名字。”

10

“我们去走廊里待一会儿吧；我想抽支烟。”塞尔登说。

他已经撕下弗兰克刚写过的那页纸，瞥了一眼后扔进了纸篓。我们默默地离开病房，沿着空旷的走廊走到一扇开着的窗边。我们看到一个男护士推着一张病床朝我们这边慢慢走来。经过我们身边时，我能看到床单遮住了脸并将身体完全地裹住。只有一条胳膊露在外面；挂在手腕上的一张卡片上标着名字。我还能看到下面写着一个数字，也许是指死亡的时间。护士操纵着病床拐了个弯，凭借其比萨饼师傅般的灵巧，干净利落地将车推进一扇宽敞的玻璃门。

“那是太平间吗？”我问。

“不是，”塞尔登说，“每层楼都有一个像这样的大厅。当哪个病人死了的时候，他们会立刻把尸体从病房里挪出来，好尽快腾出床位。楼层的主管医生会来这里确认是否死亡，这层的医务人员便会写诸如报告之类的一份东西，然后就立即将尸体运到位于地下某层的医院太平间。”塞尔登用脑袋朝弗兰克所在的病房指了指。“我还要在那儿再待一会儿，陪一陪弗兰奇。这是一个可以用来思考的好地方，嗯，跟其他地方一样好。不过我敢肯定你更想去拜访的地方是放射科。”他笑着对我说。看到我惊讶的神情，他的眼睛闪着光，笑得更开心了。“你知道，牛津只是个小地方。恭喜啊，洛尔娜很不错。我在康复的时候就认识她了，她拿了好些她的侦探小说给我看。你见过她的书架了吧？”他的眉毛带着一种奇怪的、崇敬的神情挑了起来。“我从没见过对犯罪这么有兴趣的人。你得去顶楼，”他对我说，“从这儿过去坐右边的电梯上去。”

电梯闷哼一声上升了。我照着放射科的箭头指示，穿过迷宫般的走廊来到一间等候室，只有一个男人坐在那里，眼神有些迷离，膝盖上摊着一本书。在一个玻璃房间之后，我看到洛尔娜穿着护士服，弯着腰朝向一张病床，好像在跟一个小孩耐心地解释什么。我朝玻璃走近一点，犹豫着是否要打断她。洛尔娜把一只泰迪熊放在枕头边。我这才看到那是个非常苍白的小女孩，大约七岁，眼中流露出恐惧但还很机警的神色，长长的头发打着卷儿在枕头上铺展开来。洛尔娜又说了些什么，小女孩紧紧地抱着泰迪熊。我在玻璃上轻轻敲了两下。洛尔娜朝我的方向看过来，惊讶地笑了，说了什么，我隔着玻璃听不见。她朝我指指一侧的门，又向小女孩做了个打网球的手势，表示我是她的网球搭档。她把门打开了一下，很快地给了一个吻，让我等她一会儿。

我退回到等候室。那个男人已经重新拿起了书。我注意到他胡子拉碴，眼睛红红的，似乎很长时间没睡过觉了。我有些吃惊地辨认出了书名:《从毕达哥拉斯学派到耶稣》。男人突然放下书，迎面撞上我的目光。

“对不起，”我说，“书名引起了我的注意。您是数学家吗?”

“不是，”他说，“但是如果您对书名感兴趣的话，那我应该认为您是数学家。”

我笑着点点头。男人用一种奇怪的专注神情看着我。

“我在从后往前读，”他告诉我，“我想知道一开始的事情都是怎样的。”他还是眼神有点疯狂地盯着我：“我渐渐发现一些让人感到很惊奇的事情。比如说，您说说看，在耶稣的时代，有多少教派，有多少宗教团体?”

我想出于礼貌，应该答一个比较小的数字。但没等我开口，男人继续说了下去。

“有很多很多，”他对我说，“有拿撒勒派，西门派，诺斯替派。彼得及十二门徒只是一个小派别。上百个教派中的一个。历史的发展很有可能是另外一种结果。他们不是人数最多、影响最大、思想最先进的。但他们有着敏锐的特性令他们脱颖而出，只要凭一个观念，就能如试金石般追踪、消灭其他教派，最后只剩下他们。当所有人只是谈论灵魂的复活时，他们已经提倡了肉体的复活。自身肉体的起死回生。那在当时是一个听来荒唐、原始的想法。耶稣在第三天的时候从坟墓中起身，他请人们掐他，还要吃烤鱼。那么，耶稣复活后的四十天里，他发生了什么事情？”

他沙哑的嗓音中有一种像刚皈依的教徒或自修者那样激动的力度。他朝我微微凑近身，我闻到他那件皱巴巴的汗衫发出刺鼻的汗酸味儿，不由自主地退后了一步，但是很难摆脱他的注视。我还是摇摇头，适当显示出无知的样子。

“就是。您不知道，我不知道，没人知道。是个谜。但只有一件事似乎是确实的：他让人掐了一下，并且指派保罗作为他世间的继承人。选保罗多方便啊，对吧？您知道在那以前尸体都是用裹尸布简单包好埋掉吧。当时没有好好保存尸体的概念。说到底，在宗教的观念中，肉体是最弱小、最短暂、也最有可能招致罪恶的部分。怎么样，几口木棺材就将我们同那个时代隔开了，对吧？地下的棺材也是一整个世界。每个城市郊外都有一个由棺材组成的地下城市，它们排列得整整齐齐，盖子令人伤心地盖着。但我们都知道里面在发生什么。最初二十四小时内，经过尸僵之后，便开始脱水。血液停止输送氧气，角膜变混浊，虹膜和瞳孔变形，皮肤起皱。第二天，大肠开始腐烂，皮肤上开始出现绿色的尸斑。内脏都停止活动，组织发软。第三天，随着腐烂扩大，气体使得腹部鼓胀，一种大理石般的绿色侵袭四肢。身体散发出一种炭和氧的混合气体，一种像是牛排在冰箱外放了太长时间后的味道：以尸体为生的动物的盛宴开始了。每一个过程，每一次能量交换，都意味着一种不可逆转的损失，没有办法恢复任何一种生命机能。是的，到了第三天，基督应该是一个变了形的怪物，没有能力站立起来，还又臭又瞎。这才是真相。但有谁会在乎真相呢？”

“您刚才看到我女儿了，”他说道，语气中突然充满痛苦和绝望，“她需要移植一个肺。我们从一年前就开始等捐献者了，她已经上了亟须移植的名单。她最多只有一个月可活了。我们有过两次可能获得捐献的机会，我都苦苦哀求。但两次都是基督教家庭，他们都要用基督教的方式安葬他们的孩子。”他无望地看着我：“您知道吗？英国法律规定，如果父母中的一方自杀，器官不能移植给孩子。因此，”他说，并拍拍书的封面，“有时候回到事情初始是很有意思的，古人对于移植有着其他想法，毕达哥拉斯学派关于灵魂轮回的理论……”

男人的话语被打断了，他站起身。门开了，洛尔娜把病床推了出来。小女孩看上去已经睡着了。男人和洛尔娜说了一会儿话，然后推着病床沿着走廊离开了。洛尔娜等着我走上前，脸上挂着神秘的笑容，双手插在衣兜里。她衣服的前襟是用很薄的布料做的，绷得紧紧的，凸显出迷人的胸部。

“好大的惊喜啊，你居然上这儿来了。”

“我就想看看你穿护士服的样子。”我说。

她诱人地张开双臂，似乎要转个圈炫耀炫耀，但只是让我吻了她一下。

“有什么新闻吗？”她问我，好奇地睁大了双眼。

“没有新的案件发生，”我说，“我刚刚见识了二楼。塞尔登带我去弗兰克·卡尔曼的病房了。”

“我看到凯特琳的爸爸把你给逮住了，”她说，“希望他没把你弄得喘不过气来。我猜他跟你讲斯巴达人，或者说基督徒的坏话了吧？他妻子死了，凯特琳是他的独生女。他请了工休假，过去三个月他都不曾离开过这儿。他读了所有他找得到的有关移植的资料。我觉得，到了这种程度，他就有点……”她拿手指指太阳穴，“疯疯癫癫。”

“这个周末我想去伦敦，”我对她说，“你和我一块儿去吧？”

“这个周末不行，两个晚上我都要在这里值班。但我们去吃自助餐吧，我可以给你列一张提供食宿还有景点可参观的名单。”

“嗨，”我们朝电梯走去的时候，我对她说，“我还不知道阿瑟·塞尔登去过你家。”

我带着不经意的微笑看着她，她过了一会儿也开心地笑了。

“他是去送我一本他的书。我也可以给你再开个单子，上面列出所有去过我家的男人，不过这单子会很长哦。”

我回到康利夫街，走进我的房间，看到一本笔记本下面压着我准备给伊格尔顿夫人的信封，于是想起从那天以来，我还没有给过贝丝房租。我在包里装下足够我周末穿的衣服，带上钱，上了门口的楼梯。贝丝在门后让我等她一下。她开门的时候看上去很轻松、很镇静，似乎泡了一个很长的澡刚出来。她的头发湿漉漉的，光着脚，一件长长的平绒睡衣小心地紧裹在身上。她让我进客厅等一会儿。我几乎认不出这个地方了。她换了地毯，家具，窗帘。这个家现在已经有了一种更私密、更温馨的面貌，似乎还从某本家庭装潢杂志上借鉴了某些前卫的元素，虽然风格已迥然不同，但看上去还是很简单舒适。我尤其感觉到她似乎想要把伊格尔顿夫人遗留下的最后一丝痕迹都抹去，而且毫无疑问，她做到了。

我告诉她我要去伦敦度周末，她说她第二天葬礼之后也要出门，乐团要去埃克塞特和巴斯做一个小型巡回演出。我突然听到浴室里传来水花溅起的声音，似乎某个颇为高大的人从浴缸里站起身。贝丝显得很不自在，就好像被我当场抓住她的把柄。我猜她和我一样，想起了仅仅两天之前她和我谈起迈克尔时的不屑之情。

我坐牛津大巴士到了伦敦，在城里逛了两天，走在柔和可爱的阳光下，像是一个幸福地迷了路的游客。星期六我买了份《泰晤士报》，在讣告栏里看到了伊格尔顿夫人葬礼的公告，上面简单回顾了一些事实，但没有什么新的细节。星期天的报纸没有提到这个案件。我在波多贝罗路[①]想到了洛尔娜，便挑了一本积了些灰但品相很好的《鲁克蕾齐亚·波吉亚[②]回忆录》，然后搭最后一班夜间火车回牛津。星期一早上，我带着几分睡意出门朝研究所走去。

在康利夫街尽头，我看到路面上躺着一只动物，肯定是晚上被哪辆汽车压死的。经过的时候，我忍不住反胃。我从没见过这种动物，它看上去像是某种硕大的鼠类，但尾巴很短，躺在一摊血泊中。它的脑袋已经彻底被压扁，但看得清它那长长的黑鼻子，鼻孔大张，让人想起猪鼻孔。它腹部的位置鼓得大大的，肯定是一只幼

---

① 波多贝罗路（Portobello Road）是伦敦著名的古董商品街和跳蚤市场。

② 鲁克蕾齐亚·波吉亚（Lucrezia Borgia，1480—1519），罗马教皇亚历山大六世私生女。出身为贵族的她，长期赞助艺术家从事美术等相关事务。鲁克蕾齐亚·波吉亚历经三次婚姻，据说她的私生活极为放纵，也多次参与以她父亲亚历山大六世为首的波吉亚家族政治黑金、权色交易。近现代以来有多部戏剧、电影创作以她为体裁。

崽的轮廓，就像撕开的袋子。我不由地加快脚步，赶紧离开这一个恶心的场面，摆脱它给我造成的难以言状的恐惧感。一路上，我竭力忘掉这幅景象。我走上数学研究所的台阶，就像到了避难所。推旋转门时，我看到玻璃上用透明胶贴着一张纸。我首先看到的是一条竖着的鱼，用黑墨水画的，好像两个面对面的括号。鱼的上面是用报纸上剪下来的字母拼成的一句话："序列的第二个。雷德克利弗医院，下午两点十五分。"

11

秘书室里只有金在，她是新来的女助理。我做了个紧急的手势才让她摘下随身听的耳机，从座椅上站起身，跟我一起来到大门口。我问她玻璃上的纸条，她奇怪地看着我。她进来时就看到了，但是没怎么在意：她以为是某个为雷德克利弗医院举办的公益活动：一系列桥牌比赛，或是什么钓鱼比赛。她还想叫清洁女工把纸条贴到布告栏里去。

我们看到守夜人科特从楼梯下的房间里走出来，他已经穿戴整齐准备回家。他朝我们走过来，好像害怕出了什么问题。那张纸从星期天开始就在那里了，他来的时候也看到了；他没想到把它撕了，因为他以为他当班前就有人允许把纸条贴在那里的。我说我们应该报警，但是得有人留在这儿，守着别让人碰玻璃或把那张纸撕走：这有可能和伊格尔顿夫人谋杀案有关。我三步并作两步上到办公室，请警察局赶紧给我接皮特森或塞克斯。他们问了我的名字和我的电话号码，然后告诉我在线上等着，直到有人跟我通话。过了几分钟，我听到另一端传来皮特森探长的声音。他听我一口气说完，只在末了让我重复一遍守夜人说的话。我发现他和我的想法一样，认为第二起凶杀案已经发生。他说会立刻派一名警官和指纹鉴定员赶去研究所，他自己去雷德克利弗医院调查昨天是否有人死了。之后他想和我谈谈，如果有可能，也想和塞尔登教授谈谈。他问我们是否都会在研究所。我说，据我所知，塞尔登应该在来的路上：因为大厅里的通知上写着十点钟会有一场他的研究生的讲座。

我突然想到，那张纸条可能是故意贴在那里，让塞尔登来的时候看到。“也许是给塞尔登看，”皮特森说，“也许是给其他上百个数学家看的。”他听上去突然有点不自在：“我们晚点再说吧。”话音刚落就挂了电话。

我回到门口大厅，塞尔登正站在旋转门口，眼睛专注地盯着那张画有小鱼图案的纸。

“你跟我想的一样吗？”他看到我就问道，“我不敢给医院打电话打听弗兰克的情况。虽然这个时间已经没有意义了，”他对我说，看起来信心足了一点，“我昨天下午四点去医院的时候，弗兰克还活着。”

“我们可以到我办公室给洛尔娜打电话，”我对他说，“轮到她值班，要待到今天中午，应该还在那儿。让她去查一下。”

塞尔登同意了。我们上了楼，我让他打这个电话。电话转了几个科室，终于和洛尔娜通上了话。塞尔登小心翼翼地问她能不能到二楼去看看弗兰克·卡尔曼情况怎么样。我发觉洛尔娜也问了他一些问题；虽然听不清她说了什么，但我能听到电话那头她好奇的语调。塞尔登只告诉她研究所里出现一张纸条，这让他很担心。“是的，纸条很可能和伊格尔顿夫人谋杀案有关。”他们又谈了一会儿；塞尔登说他在我的办公室，她下去查了以后就可以往这儿给他打电话。

他挂了电话，我们都沉默不语，等待着。塞尔登卷了一支烟，站在窗口抽。过了一会儿，他转过身，走到黑板前，一边沉思一边慢慢画起那两个符号来。第一个是圆圈，然后是用两笔简短的弧线画出的鱼。他站在那里一动不动，手里捏着粉笔，低着头。

电话响起时已过了将近半个小时。塞尔登默默地听洛尔娜说着，脸上不露声色，不时用些单音节的词应和。“对，”最后他说，“那正是纸条上写的时间。”

他挂了电话，转身朝向我，神情放松了一会儿。

“不是弗兰克，”他说，“是他邻床的病人。皮特森探长刚去过医院太平间调查了星期天的死亡情况：那是个很老的男人，九十多岁了，他们报告说他于昨天两点一刻自然死亡。那个楼层的主管医生和护士显然都没有注意到他胳膊上有一个几乎察觉不出的小点，似乎是注射后留下的印迹。他们现在就会给他做解剖看看那是什么东西。我觉得我们的思路是对的。这是一桩一开始谁也不认为是谋杀案的谋杀案。一桩被认为是自然死亡的死亡，胳膊上却有个点，只是一个点……一个不易察觉的点。肯定是挑了某种不会留下痕迹的物质，我敢打赌他们解剖不会有什么结果。一桩死亡事件只因为那一个点就和自然死亡大不一样了。一个点，一个点。”塞尔登小声重复着，似乎由此可以生发出一大堆尚不可见的相关线索。

电话又响了。是金从楼下打来的，说有位警察局的探长上我办公室来了。我打开门，皮特森高而瘦削的身形从楼梯口冒了出来。他一个人来的，看得出他不太高兴。他走进来跟我们打招呼，看到塞尔登在黑板上画的两个图形。他一屁股坐了下来。

“楼下聚了一群数学家，”他说，几乎是责怪的样子，好像我们犯了什么错，“记者们随时会来……我们只能让他们知道一部分事实，但我会请他们不要提序列的第一个符号。无论在哪里我们都要尽可能避免公开连环谋杀案的细节，尤其是那些重复发生的细节。”他晃动着脑袋说：“好了，我去过雷德克利弗医院了。这次是个很老的男人，叫厄内斯特·克拉克。他好多年前就处于昏迷状态了，一直插着人工呼吸机。很显然，他没有任何家人。到目前为止，我们所能发现他和伊格尔顿夫人唯一有关联的地方，就是克拉克也参加过战争。但是显然，任何一个他这把年纪的男人都可以这么说，因为所有这代人都经历过战争。护士在两点一刻巡查时发现他死了，这是把他从病房里推出来前记在他手环上的时间。一切看起来完全正常，没有任何暴力的痕迹，没有任何异样，她搭了他的脉搏，写上‘自然死亡’。因为她觉得这只是正常情况。她说她不明白怎么会有人能进入病房，因为那个时候探视时间才刚开始。”

“二楼的主管医生承认没有彻底检查尸体；他到医院时迟到了，那是个星期天，他想尽早回家。更主要的是，他们从几个月前就等着克拉克死了，事实上他们都很惊讶他竟然一直活着。因此他就相信了护士的记录，并照标签上的内容原样誊到了死亡证明书上，然后签字同意把尸体送到太平间。我现在正在等验尸结果。我刚才看到了下面的纸条。我想我们不能再指望他用手写了，既然他已经知道我们在调查。这样一来调查更困难了。从字体来看，我觉得那些字母是从《牛津时报》剪下来的，甚至可能是从那些关于伊格尔顿夫人的报道中剪下来的。但这条鱼是用手画的，”皮特森转向塞尔登，“您看到这张纸的时候下意识想到什么？您觉得是同一个人吗？”

“这很难说，”塞尔登说，“纸张的类型似乎是一样的，图案的位置和大小也很相似。两桩案子中用的都是黑墨水……原则上我觉得是同一个人。但是您还应该知道一件事。我几乎每天下午都会到雷德克利弗二楼去看一个病人，弗兰克·卡尔曼。克拉克是弗兰克邻床的病人。此外，我平时不常来研究所，但今天早上我必须来。我觉得该是某个密切关注我行踪的人，并且相当了解我。”

“实际上，”皮特森说着，掏出一本小笔记本，“我们也知道您去雷德克利弗探视；您知道，”他用一种抱歉的口吻说，“我们必须打听一些你们两位的情况。咱们来看一下。通常您都在下午两点左右去探视，但是星期日是在四点以后了……出什么事儿了吗？”

“我被邀请去阿宾顿吃午餐了，”塞尔登说，“错过了一点半的班车。星期天下午只有两班车，我只好在车站等到三点。”塞尔登在他一个口袋里翻着，然后冷冷地把一张公交车票展开给皮特森看。

“哦，不，不用，”皮特森有些尴尬地说，“我只是问问而已……”

“是的，我也是这么想的，”塞尔登说，“通常来说，我是在探视时间内第一个也是唯一一个进那间病房的人。如果按我惯常的时间去，那我就会一直都坐在克拉克的尸体旁，我猜这就是他想要的吧。他希望护士巡查时发现有人死了，我就在现场。但是事情再次没有按他预想的那样发生。在某种程度上，他算得太细了：护士没有检查到胳膊上的针孔，误认为是一桩自然死亡。然而，我迟了很久才到，甚至没发现那张床上的病人已经换了。对我而言，那完全是一次普通的探访。”

“但是也许他一开始就想让人们误认为这是一起自然死亡，”我说，“也许他布置好了场景就是要让尸体像正常死亡一样从您眼皮底下推走。也就是说，对您而言这一谋杀也是不易察觉的。我觉得应该把您的想法告诉探长，”我对塞尔登说，“就是您之前跟我说的那些。”

“但我们还不能确定啊，”塞尔登带着机智反驳的语调说，“我们不能只凭两个案子就做出推断。”

“无论如何，”皮特森说，“怎么样都行，我愿闻其详。”

塞尔登似乎还在犹豫。

“在这两起案件中，”最后他谨慎地说道，似乎不想更深入地谈论事实，“犯罪都表现得尽可能‘轻微’，如果这么说比较准确的话。似乎死亡本身并不是他真正在乎的东西。凶杀几乎都是象征性的。我相信凶手真正感兴趣的不是杀人，而是要暗示什么。肯定是跟他在那些纸条中画的以圆圈和鱼为开端的图案序列有关的什么东西。这些谋杀只是为了引起大家对这个序列的关注，他选择那些跟我的关系足够近的人下手，目的就是要把我也牵扯进来。我觉得实质上这纯粹是一个智力问题，只有当我们想办法向他证明我们已经解开序列的时候，他才会罢休；也就是说，只要我们预测到下一个符号，或下一起谋杀案，一切才会停止。”

“今天下午我会拿一份心理学特征报告，虽然我觉得这也说明不了多少问题。不管怎么样，也许现在您能回答我之前问您的问题了。您觉得他会是数学家吗？”

“我倾向于认为他不是，”塞尔登慎重地答道，“至少不是专业数学家。我觉得这是某个将数学家想象成智慧象征的人，因而想跟他们直接较量。我认为他选择在研究所门口留下第二个讯息并非偶然。我猜他是在向我暗示第二层意思：如果我不接受挑战，其他数学家也会接受。我们不妨做个假设，他有可能曾经在某次数学考试中遭受不公正的失败，或是在某次类似于弗兰克设计的智商测试中失去某次人生重要机会。也许他被他所认为的智慧王国排除在外，对数学家既崇拜又憎恨。也许他酝酿这个序列就是为了向他的考官报复。某种意义上，现在他成了考官。”

“会不会是哪个曾被你判不及格的学生？”皮特森问道。

塞尔登微微笑了笑。

“我已经很久没有给人不及格了，”他说，“我只带研究生；他们都很优秀。我更倾向于认为他是某个没有经过正规的数学训练，但读过我书中关于连环谋杀案那一章的人，并且很不幸，将我当成了他应当挑战的对象。”

“好吧，”皮特森说，“第一步，我可以查到用信用卡在城里的书店买过您这本书的人清单。”

“我觉得这作用不大，”塞尔登说，“书刚出的时候，我的出版社在《牛津时报》上做了书摘，选的就是关于连环谋杀案的那一章。很多人都认为这是一种新颖的侦探小说。正因如此，这本书的首印才会这么快脱销。”

皮特森有点沮丧地直起身，又研究了一会儿黑板上的两个图形。

“现在您能多告诉我一些有关这方面的情况吗？”

“一个序列的第二个符号通常能对解读整个系列给出线索：是将其看作某个真实世界中可能存在的物体或事实的代表——也就是最通常意义上的符号——还是严格将其仅仅当作没有任何含义的几何学图形来看。这里的第二个符号还是显得很狡猾，因为这条鱼画得如此简要，仅包含了两个字符。垂直的姿势也很有意思。可能会是一个垂直对称的图形序列。假如我们真要把它看作是一条鱼的话，那么显然还存在许多其他可能性。”

“鱼缸。”我说，皮特森有些惊讶地转头看我。塞尔登点点头。

“对，我一开始也想到这个。在雷德克利弗医院，他们就是这么叫克拉克所在的那层楼的，”他说，“但这就会直接指向医院内部的人。我想他不可能选一个能这么容易指控他的符号。即使情况就是这样，可怎么能把圆圈跟伊格尔顿夫人联系起来呢？”塞尔登低着头，踱了一会儿步。“另外有件事也很有意思，”他说，“他以某种方式隐含在那些纸条里的信息是，他认为数学家能找到解题的办法。换句话说，符号中肯定有什么东西是与问题或直觉的类型相对应的，而这种类型是与数学家的思维方式相关的。”

“您能大胆预测一下第三个符号会是什么吗？”皮特森问。

“我有了初步的想法，”塞尔登说，“但我也看到还有其他延续序列的可能性，也就是说同样合理的可能性。这也是为什么在考试中，一个序列通常都给出三个符号，让你答出下一个符号。只有前两个符号还是太模糊。我情愿多花些时间再想一想。我不想出错。现在他是考官，他判我们答错题，就意味着又要发生一起谋杀案。”

“您真认为如果我们找到解题方法，他就会停止吗？”皮特森怀疑地问。

但现在还没有解题方法这样的东西，我想。这是最令人抓狂的。我突然明白为什么塞尔登给我介绍弗兰克·卡尔曼了，也明白了使他担心的问题第二个层面。我不禁好奇，他会怎么向皮特森解释跳跃式思维的人、维特根斯坦、无穷尽的规则的悖论、正常的钟摆移动之类的问题呢？但是塞尔登只需要一句话：

“他会停手的，”他缓缓说道，“如果我们的解题方法就是他所想到的那个。”

12

皮特森站起身，反剪着双手在房里转了一圈。他拿起一开始被他扔在办公桌边上的外套，再一次将目光锁定在黑板上，随后用手背抹去圆圈。

“请你们记住：我们要尽量将第一个符号保密，我可不想再出现个模仿这一套的杀手。你们觉得楼下那些看到第二个符号的数学家，能猜出下一个符号吗？”

“不会，我认为不会，”塞尔登说，“而且，不知道他们是否有足够的兴趣去琢磨。对于一个数学家来说，他唯一想着的问题通常都是眼下他手头的工作：也许得有两起以上的凶杀案才能吸引他们的注意力。”

“那您也是这样的吗？”皮特森此时定定地看着塞尔登，问题中带着冷冷的指责，“说老实话，我有一点……失望。”他说，似乎很小心地在选择措辞：“当然，我并没期待您今天就能给我一个最终的答复，但是总可以给出四五个可能的选择和假设让我们去筛选或排除，难道数学家们不就是这样工作的吗？不过也许两起谋杀也不足以引起您的兴趣。”

“我已经跟您说过了，我有了初步想法，”塞尔登说道，他那灰色的小眼睛看着探长的眼睛，“我保证会全力以赴考虑这件事。我只想确保自己别出错。”

“我可不想您得等到死了下一个人才能确定下来，”皮特森说，然后，他似乎不太情愿地尽量缓和一下刚才尖锐的语气，“不过，如果您真想帮忙破案，请您明天六点以后到我办公室来一趟：我们已经有了心理特征报告，我想念给您听，也许能让您想起什么人。您也可以来。”他边对我说着，边和我们迅速握手告别。

皮特森走后，是好一阵的沉默。塞尔登走到窗边，开始卷一支烟。

“我能问您一个问题吗？”我小心翼翼地说，我相信他肯定也不会把每件事情都告诉我，但不妨一试，“您的想法，您的假设，是关于下一个符号还是下一起谋杀案的？”

“我想我已经找到一种怎么解这个序列的办法了——关于下一个符号，”塞尔登缓缓说道，“但这不能让我推断出任何与下一起谋杀有关的线索。”

“那么，这个符号对皮特森探长还是有很大帮助的吧？您是不是有什么别的原因，使您还不想告诉他？”

“来，咱们去公园走走，”他说，“离我学生的讲座还有几分钟，我想抽支烟。”

门口还有警察在忙着处理玻璃上的指纹，所以我们只能从后门出去。我们在路上遇到了波多洛夫，他跟我随便打了个招呼，便将目光锁定在塞尔登身上，似乎徒劳地期待着塞尔登能把他认出来。我们绕过物理实验室走进大学公园，在一条碎石路上漫步。塞尔登默默地抽着烟，我一度以为他不想再说什么了。

“你为什么要当数学家？”他突然问我。

“我不知道，”我说，“也许是个错误吧，我以前总认为我会学文科。我想吸引我的是定理中所包含的那种真理吧：永恒、不朽、自成体系、又绝对民主。您为什么选择数学呢？”

“因为它不会伤害任何人，”塞尔登说，“因为它是一个与世隔绝的世界。您知道，我小时候发生过一些可怕的事情，而且这些事情贯穿我的一生，就像是某些信号……它们是一阵一阵的，但对我来说还是太频繁、太可怕，我难以忽视。”

“信号？什么样的信号？”

“怎么说呢……我发现我在现实世界里的任何一个小动作都会引起一连串反应。可能是巧合，不幸的巧合，但它们毁灭性之大足以令我一动都不敢动。最近的一次信号就是那起车祸，我妻子和我两个最好的朋友都死了。我不知道怎么解释才能让这事显得不那么荒唐，但确实，从很小的时候开始，我就注意到我对现实世界做的假设都会成真，但都是通过奇怪的途径以最可怕的方式发生，好像我被警告要远离人的世界。少年时代的我真被吓坏了。就是在那个时候我发现了数学。我生平第一次感觉自己身处一片安全的领地。第一次，我可以按照自己的意愿坚定地提出某个假设然后去验证，并且擦完黑板，或者涂掉做错的一页，我还完全可以从头开始，不会出现意外的后果。对，在数学和犯罪学之间是有某种理论上的相似之处；就如皮特森所说，我们都做假设。但是当你对真实世界做出假设时，无法避免地，你就会引入一种不可逆转的活动因素，这种活动不可能不产生后果。你朝一个方向看，就看不到其他方向，当你沿着一条可能的途径走下去，时间也跟着流逝，等你想换一条途径走，为时已晚。就像我对皮特森说的，我最害怕的不是出错。我最害怕的是一生反复出现的巧合再次出现：我所想的假设在现实中都以最可怕的方式发生。”

“但是沉默、拒绝揭示那个符号，本身不也是一种缺省的行为方式，不也可能引起无法预料的后果吗？”

“有可能，但此时我宁可冒这个险。我不像你这么热情，要来破这起案子。如果数学是民主的话，序列的下一个符号就在众人眼前：你，皮特森本人，都同样有条件找到它。”

“不，不，”我反驳道，“我的意思是当证明过程被一行一行写出来的时候，数学中是有民主的一刻。一旦指明途径，任何人都可以沿着途径走下去。但是之前当然得有一个把途径照亮的时刻：就是您曾称作跳马的那一步……只有极少数人，甚至几百年才出一个的天才，能够在黑暗中看到正确的第一步。”

“说得好，”塞尔登说，“‘几百年才出一个’听起来的确很有戏剧性。不管怎样，我现在想到的序列第三个符号很简单，事实上根本不需要任何数学知识。不过困难的是怎样把符号和案件之间联系起来。也许看一份心理特性报告这主意不坏。好了，”他说着，看了一下手表，“我该回研究所了。”

我说我还要在公园里走一会儿，他把皮特森的名片递给我。

“这是警察局的地址，就在那家叫做‘爱丽丝漫游奇境’的商店对面，如果可以，我们明天六点在那儿碰头。”

我沿着小径继续走着，在一小片树阴下驻足，观赏着一局扑朔迷离的板球比赛。有好几分钟，我以为自己注视的只是比赛前的准备工作，或是一系列屡屡失败的开局。但接着我听到一些坐在球场边戴着大草帽、喝着甜酒的女人热情的掌声。很显然，我错过一次精彩的得分，也许比赛就在此时到了关键时刻，就在我的眼前，可我所看见的，全都是令人懊恼、缺乏激烈动作的场面。

我过了一座小桥，公园在这一边失去了一些它整洁的风貌。我沿河而走，经过几片泛黄的草地。身边不时有小船经过，搭档们在练习划水。有一个念头在我的脑中盘旋，非常接近，就好像听到一只昆虫嗡嗡作响，却看不到它，有一种尚未清晰的直觉，在那一刻令我觉得如果我找对地方，也许就能瞥见它的一角，一把抓住。正如在数学上，我不知道是否要坚持把它想出来，还是要忘记它，故意避开，等待它自行出现。在景色的宁静中，在船桨划动的平缓水声里，在坐船经过的学生礼貌的笑容中，有什么东西似乎舒缓了紧张气氛。我发觉，无论如何，这里绝不可能为我揭示死亡和谋杀案的答案。

我穿过树林抄近路回到办公室。我的俄罗斯同事已经去吃午饭了，我决定给洛尔娜打个电话。她听上去很开心、兴奋。是的，她有新闻，但是她想先知道我的。不，塞尔登只告诉她有面玻璃窗贴了张奇怪的纸条。我告诉她我怎么发现那张纸条，并描述了符号的样子，还把和皮特森的谈话重复给她听。洛尔娜又问了我几个问题，然后把她知道的情况告诉我。厄内斯特·克拉克的尸体没有送去警局的停尸房；法医就在医院里和一名医生进行了解剖。她趁吃午饭向医生打听了验尸情况。“打听情况有那么难吗？”我酸溜溜地问。洛尔娜笑了。他以前好几次请过她一起吃饭，而这次，她答应了。

“他们两个茫无头绪，”洛尔娜说，“给克拉克先生注射的东西没有留下任何痕迹。他们什么都没找到，医生说换了是他，也可能签署一份自然死亡的证明。现在还有一个解释：有一种从某类叫**毒蝇鹅膏菌**的真菌中提取成分的新药，但是他们还没找到能检测这种药的试剂。这种药去年在波士顿的一次内部医学研讨会上展示过。奇怪而耐人寻味的是，这种药似乎是法医中的秘密，显然他们曾发誓连它的名字都不能泄漏。莫非这意味着警方应该在法医中寻找凶手？”

“或者在那些跟他们共进午餐的护士中，”我说，“还有做会议记录的秘书，提取这种药物成分的化学家和生物学家，也有可能是警察……我猜肯定也向他们通报了这种药物的存在。”

“无所谓了，”洛尔娜气呼呼地说，“反正搜索范围缩小了：这不是在什么家庭药箱里找得到的东西。”

“对，这倒是真的，”我用一种和解的语气说道，“今晚咱们一起吃晚饭吗？”

“今晚我要很晚才能走，但明天可以。六点半在‘老鹰和小孩’怎么样？”

我想起和皮特森的约定。

“八点行吗？我还不习惯这么早吃晚饭。”

洛尔娜笑了。

“好吧，咱们就按你们阿根廷人的作息时间来一次吧。”

13

一个瘦得制服里几乎空荡荡的女警察带我们上楼来到皮特森探长办公室。我们走进一个宽敞的大房间，墙都是浓重的鲑鱼肉色，具有一种战后英国自豪的朴素，不露一丝奢华。房里有好几个高高的金属档案柜，还有一张朴素得出乎意料的木质写字台。透过一扇半圆拱形的窗户可以看到河的一道拐弯，在慵懒的夏日午后，学生们躺在河岸上享受着最后的日光。静止的金色河水，让我想起曾在伦敦巴比肯美术馆看到过的罗德里克·奥康纳的画。

在自己的办公室，朝后靠在大扶手椅里，皮特森看上去放松多了，不那么小心提防了，或许仅仅是因为他不再把我们当作嫌疑人，而且想向我们证明，如果他愿意，他也可以卸下警察的面具，代之以寻常的、英国式的彬彬有礼。他站起身，把我们带到几张庄重的高背椅旁，椅子上的布料蒙面因为摩擦，已经有些绽线并且泛着光。在他回到写字台后的椅子上时，我留意到桌角上放着一个银质相架，里面有一张照片：年轻时的皮特森侧着身，正在扶一个小姑娘上马。按照塞尔登跟我描述过的情况，我本期望能看到一堆文件、报纸剪报，墙上或许还挂着一些已告破的案件照片，然而在这个平平无奇的办公室，很难知道皮特森究竟是一个朴素的典范，还是那种不愿过多暴露自己、因而可以调查别人任何事情的人。他拉开抽屉，取出一副眼镜，一边用法兰绒布擦，一边瞟了一眼桌上散放着的几页纸。

“唔，”他说，“我给你们念一下报告里面主要的几点吧。看来我们的心理学专家认为凶手是一个男人，三十五岁左右。在报告里她把他叫做M先生，我想是指代‘杀人凶手’[①]吧。她告诉我们，M可能生于某个乡村或者小镇郊区一个中下阶层家庭。可能是独子，但总之，从小就在某项脑力活动中显示出过人的才华：譬如象棋、数学、阅读等他的家人并不熟悉的活动。他的父母将他的这种早熟误认为是天才，因而不让他参加同龄孩子的游戏、活动。他可能成了同龄人取笑的对象，这一点由于他某种生理上的缺陷而加剧：譬如女性化的嗓音，戴眼镜，肥胖……这种取笑使他更为孤僻，并使他产生了最初报复的幻想。在这些幻想中，M很典型地想象要用他的才智和成功战胜敌人，制服那些羞辱过他的人。

“考试的时刻终于到来，为此他已等待多年——这可能是某种特别重要的竞赛或者他特别擅长的领域的考试。这是一个巨大的机遇，他可能因此而摆脱卑微的出身，开始过他在整个青春期默默地、着魔般准备的另一种人生。但是意外发生了：由于遭受考官的不公正待遇，M失败而归。这导致了第一次精神打击，被称为安博雷综合征，是以作为这种强迫症第一例研究对象的作家命名的。”

皮特森打开一个抽屉，拿出一本厚厚的心理学书籍，在开头的某一页中露出一张小纸条。“我觉得回顾一下这第一起病例还是挺有意思的。儒勒·安博雷是一位贫困潦倒、默默无闻的法国作家，一九二七年，他将自己的第一部小说手稿寄给当时法国最大的G出版社，他创作那部小说花了好多年，并且着魔般地反复修改。六个月后，他收到一封绝对热情洋溢的编辑来信——这封信他珍藏了一生。在那封信里，编辑表达了对他小说的欣赏，并建议他去巴黎商

① 英文中，杀人凶手为murderer。

议合同的条件。安博雷当了他少数几件值钱的东西做路费，但在会见中出了点问题。他们带他去一家高雅的餐厅吃饭，他的衣服与餐厅的格调很不相称，在餐桌上的举止也颇为粗鲁，还被一根鱼刺卡住了喉咙。这本来没什么大不了，但合同终究没有签成，安博雷屈辱地回到家乡。他开始怀揣那封信，一连几个月一遍又一遍向朋友重复这个故事。这种综合征第二个反复出现的特征是可能持续好几年的潜伏期和成型期。有的心理学家称之为'错失机遇'综合征，就是强调这一特征：病人在关键性时刻，在可能改变人生命运的转折点，遭受了不公正的待遇。在潜伏期内，人会执迷于那个时刻，无法恢复以前的生活，不然就只是表面上重新调整生活，而实际上开始产生杀人的幻想。

"潜伏期会在心理学词汇中所说的'第二次机遇'出现时结束，那是部分重现第一次机遇或者似乎极为相似的时刻。许多心理学家指出它与《一千零一夜》中那个瓶中恶魔故事的相似之处。安博雷病例中的第二次机遇特别清楚，但通常案例中的情况要模糊得多。在安博雷书稿遭拒十三年之后，一个新加入 G 出版社的女编辑在一次出版社搬家过程中很偶然地发现了他的手稿，于是作者被第二次叫到巴黎。这一次，安博雷穿戴得无可挑剔，午餐时也小心注意自己的举止，还用一种放松的、大都市特有的腔调与女编辑交谈，然后在上甜点时，他在服务员来不及阻止之前，将那个女人掐死在餐桌上。"

皮特森扬起一条眉毛，合上书。他默默地扫了一眼报告的下一页，然后翻过来迅速扫视了一下第三页的开头几段。

"报告在这儿回到了我们感兴趣的问题上。这位心理学家断定我们面对的不是一个精神病患者。精神病患者的行为特征表现出缺乏内疚感和逐渐加剧的残忍，还有一种怀旧情绪：他在寻找某种能打动他的事。而在我们的案件里，到目前为止凶手表现出来的情况恰恰相反，是某种慎重，一种要将伤害降低到最小程度的关切……同您一样，”他说着，抬眼看了一下塞尔登，“这位专家似乎也发现这特别吸引人。她认为，是您书中关于连环谋杀案的那个章节给了M‘第二次机遇’。我们的这个家伙觉得苏醒了。他既要别人的尊敬，又要报复他们：要获得他一直想归属但被不公平地排除在外的某个团体的尊敬。在这里，她至少对那些序列符号也提出了一种可能的诠释。这个夸大狂发作的M把自己当作了创世主，他要给万物重新命名。他不断完善他的创造：就像《圣经·传道书》里一样，那些符号是要说明他发展的各个阶段。她猜测下一个符号可能是一只飞禽。”

皮特森收起各页纸，看着塞尔登。

“这和您之前的想法相吻合吗？”

“在符号问题上不吻合。我还是相信如果那些纸条是故意给数学家看的，那么答案肯定也得从某种形式的数学上考虑。报告中有没有对那些谋杀中‘将伤害降到最小程度’的特征做出解释？”

“有，”皮特森说着，又翻回到他跳过的那几页上，“心理学家认为那些谋杀案是一种向您献殷勤的方式。M身上不仅有一般的报复欲，还有更为强烈的、想要归属于您所代表的那个世界的欲望，他想获得那些曾经排斥他的人的尊敬，哪怕这种尊敬是用一种可怕的方式得到。因此他选择了一种他自认为一个数学家会认可的杀人方式——动用微量元素，无菌法，不残忍，几乎是抽象的方式。M就像是处于迷恋的初级阶段，竭力取悦于您，制造谋杀案就是向你献礼。心理学家认为M可能是一个压抑的单身同性恋者，但也不排除他可能已经结婚，表面上过着正常的家庭生活，以掩饰他的秘密活动。她还说，如果他在初步的勾引阶段没有得到任何回复的表示，就可能进入暴怒的第二阶段，出现更为血腥的凶杀，或针对与您更亲近的人。”

“哎呀，这位心理学家好像认识他本人似的，就差没告诉我们他左腋下有颗痣了。”塞尔登感叹，我不知道他是在讽刺还是暗含着一种克制的怒气。我感到好奇，是不是关于同性恋的论述触犯了他。“我们数学家做假设恐怕要谨慎得多。但是，不管怎样，我已经重新考虑了您的话，并且决定或许应该告诉您我的想法……”他在口袋里掏出一本小笔记本，从皮特森的桌上拿了一支钢笔，迅速涂了几笔我看不清的线条。他撕下那页纸，一折为二，递给皮特森：“给您两种有可能是那个序列第三个符号的答案。”

他折纸的样子仿佛包含着某种机密，皮特森似乎也注意到了这一点。他打开纸，默默看了一会儿，然后又折起来放进抽屉，也没有向塞尔登提问。也许在两人这个小小的较量中，皮特森暂时因为让塞尔登交出了符号而感到满足，因而不想用更多的问题来为难他，或者，也许很简单，他更愿意以后和他单独交谈。我想也许我该起身告辞，让他们单独呆一会儿，但皮特森先站起身送我们出去，还出人意料地带着一种友好的微笑。

“第二次解剖有结果了吗？”塞尔登在我们走向门口时问。

“这也是另一个有趣的神秘之处，”皮特森说，“法医们一开始都很困惑：在尸体中找不到任何已知的毒药，他们甚至认为可能是一种不留痕迹的新药，这种药我从没听说过。但我想这一点至少已经解决了。”我第一次看到他露出似乎是得意的神色，他说道：“凶手可能觉得他非常聪明，但我们警方也总是在动脑筋的。”

14

我们默默地离开警察局，在沿着圣阿尔代街走到卡法斯塔的途中都一言未发。

“我要去买烟，”塞尔登说，“你愿意陪我去有盖集市[①]吗?”

我点头同意，随后我们拐到高街上，我走出警察局以后没说过话。塞尔登自顾自地笑了。

“你是因为我没给你看符号而不高兴吧。请相信我，我是有理由的。”

“跟您昨天在公园里对我讲的理由不一样? 既然您把它拿给皮特森看，我不明白为何让我知道就会有什么不利后果。”

“可能会有……其他后果，”塞尔登说，“但这还不是最确切的理由。我不想让我的假设影响你自己的假设。我对我的研究生都是这样：尽量不抢在他们之前告诉他们我的推论。一个数学家思考过程中最宝贵的时间，就是在孤独中解决问题的灵感出现的那一刻。你也许不相信，我对你找到正确答案的信心更甚于我自己。你从一开始就参与了，正如亚里士多德所说，开始是全部的一半。我相信你已经觉察到了什么，虽然可能还不确切知道是什么，毕竟，你不是英国人。第一起谋杀案是后面发生事情的根源，那个圆圈就好比是自然数里的零，是具有最大不确定性的符号，但同时限定了一切。”

---

① 有盖集市（Covered Market）是牛津主要的贸易市场。

我们已经走进集市，塞尔登在一个印度女人的烟摊前停下来，挑选他的混合烟草。那个女人从矮凳上站起身来接待他，她穿着一件藏红色的袍子，左耳挂着一个像银圈似的耳环。我凑近仔细看，才发现原来那是一条盘起来的蛇。我突然记起塞尔登跟我说过的诺斯替教派中咬住自己尾巴的蛇的符号，忍不住向她打听起这种符号来。

“智者[①]，”她告诉我，一边轻轻敲着蛇的脑袋，“万物皆空，空即万物。万物之空，即为万物。很难很难领悟的。绝对真理，超乎否定。永恒无始无终……转世。”

她认真称了烟叶的重量并找钱给塞尔登的时候，又和他聊了几句。我们走出迷宫般的货摊来到街上。在拱门前，我们看到贝丝正站在一张小桌旁散发谢尔登剧院室内管弦乐队演出的传单。他们要举办一场慈善音乐会，她说乐队成员都得轮流卖票。塞尔登拿起一张节目单。

“是在布莱尼姆宫[②]举行的交响音乐会嘛，演出间歇还有焰火表演，”他说，“在牛津如果不看至少一场焰火表演，恐怕就不算到过牛津。让我请你看一场吧。”他从口袋里掏出钱买了两张票。

自我上次去伦敦以来就没和贝丝说过话，她从票簿上撕下两张写座位号，我觉得她在避开我的目光。总之，这次相遇似乎让她有些不自在。

“我会在那天看到你演出吗？”我问她。

“这大概是我最后一次参加演出，”她的目光有一瞬和塞尔登的目光相交。仿佛这是件她还未同任何人讲过的事，不知道他是否同

① 原文为 Shunyata，梵语，意谓智者。

② 布莱尼姆宫（Blenheim Palace），英国名胜，是牛津郡伍德斯托克附近丘吉尔庄园的中心建筑。

意。“我月底要结婚了，会要求休假……以后我想不会再演出了。”

“真可惜。”塞尔登说。

“你是说我以后不演出还是我要结婚？”贝丝问，并且为自己的这个玩笑硬挤出一丝笑容。

“两样都是。”我说。他们开怀笑了，似乎我的话让他们出乎意料地松了一口气。看着他们笑，塞尔登对我说过的话又回到我脑海，那就是我不是英国人。虽然在这随意的笑声中依旧有所节制，他们似乎已经动用了他们不该滥用的、难得的自由，塞尔登当然可以说他是苏格兰人，但不管怎样，在他们之间，在她们的表情里，或者说在他们如此小心地节约表情这点上，毫无疑问，他们有着共同的气质。

我们走到玉米市场街，我指给塞尔登看公告栏里的一张海报，之前我在博德利图书馆的门口已经见过了。上面说皮特森探长将和当地一位侦探小说家参加一场圆桌讨论会：“有没有‘完美犯罪’这样的事？”这个标题让塞尔登驻足了一会儿。

“你觉得这是皮特森的一个圈套吗？”他问我。这是我不曾想到的问题。

“没有，这张海报贴出来差不多一个月了。如果他们要给凶手设圈套的话，应该把您也邀请过去。”

“完美犯罪……我在对比逻辑学和犯罪调查的相似之处时，曾经查过一本书也叫这个名字。那本书列举了数十起无头案。对我的研究来说最有意思的一个案件是关于一个名叫霍华德·格林的医生的，他极为精确地制造了问题。他想杀妻子，并且，用一种非常详细、绝对科学的态度记日记，记录所有可能不利的后果。他总结道，要用一种警察无法用确凿证据指证凶手的方法来杀了她，是一件很容易的事。他提出了十四种不同方法，有些的确很精妙。但难的是怎样确保他本人永远不被怀疑是凶手。

他指出，对于罪犯来说，真正的危险不是那种将各项事实在时间上倒推的调查——只要在杀人前经过精心策划并且把杀人痕迹都混淆或清除掉，就可以解决——危险在于随着时间向前发展，他可能被设下的陷阱。他用近乎数学上的术语写道，真相是唯一的，任何对真相的偏差都是可以推翻的。他知道，在他接受的每次审讯中，他所做的事，以及他设计好的每一个他不在犯罪现场的证明，总会无可避免地暴露出一些虚假的东西，只要调查者有足够的耐心。他对自己分析的各种选择都不满意：找其他人杀了她，制造自杀或意外事故的假象，等等。于是他得出结论，那就是得找一个替罪羊，一个对警察来说是最明显而直接的嫌疑人，这样就能结案。他写道，完美犯罪，不是那些没有被侦破的无头案，而是找错了凶手的案件。”

“那他最后把她杀了吗？”

“哦，没有，她把他杀了。有天晚上她发现了日记，他们发生了一场激烈的争执，她用一把餐刀自卫，将他刺伤致死。至少在法庭上她是这么说的。陪审团看了他的日记和她脸上伤口的照片后惊呆了，便断定她是正当防卫，宣判她无罪。正是因为她，这起案件才被收进书里：在她去世多年后，几个研究笔迹学的学生证实日记本上格林医生的字迹不是他本人写的，而是几可乱真的伪造。他们还发现了一件有意思的事情：她在丈夫死后迅速低调地改嫁了，新的丈夫是插画师和古代绘画的临摹师。我想知道究竟谁写了那本日记：这是一种科学式的高超仿制。他们胆子大得不可思议，因为他们所做的事情都要在法庭上逐字逐句地叙述出来。这是在用真相撒谎，把所有的牌都摊在桌上，就像徒手表演魔术。顺便问一句：你听说过一个名叫热内·拉万德的阿根廷魔术师吗？如果你见过他的表演肯定忘不了。”

我摇摇头。我甚至没听过这个名字。

“不知道？”塞尔登惊讶地说，“您应该看看他的表演。好在他马上就要来牛津了，我们可以一起去看他。你还记得我们在默顿学院讨论过的用不同的学科推论的美学吗？正如我所说，犯罪调查的逻辑就是我的第一种模型。第二种模型就是魔术。不过我很高兴你不认识他。”他带着一种孩子气的兴奋说：“这就给了我再看一次他表演的理由。”

我们已经来到“老鹰和小孩”的门口。我透过一扇窗户看到洛尔娜。她背对我们坐着，红色的卷发披散在身后，心不在焉地转着桌上圆形的啤酒杯垫。塞尔登自动掏出烟草袋，也顺着我的目光看去。

“快进去吧，”他说，“洛尔娜不喜欢等人。”

15

差不多两个星期过去了，我没有听到案子的新情况，也和塞尔登失去了联络，只是艾米莉随口说起他正在剑桥帮助筹办一次“数论”[①]研讨会。“安德鲁·怀尔斯[②]认为他能证明费马最后定理，”她说这话的时候乐呵呵的，似乎在说一个无法调教的小孩子，“阿瑟是少数几个还把这事儿当真的人之一。”这是我这辈子第一次听到怀尔斯的名字。我曾以为目前已经没有职业数学家还在钻研费马的最后定理了。经过三百年的努力，尤其是在库默尔[③]之后，数学家们都断定这个定理不可能破解。已知任何数学工具都对它无能为力，它太难了，任何敢于挑战它的人都得投入一生的事业。我对艾米莉稍稍谈了我的看法，她表示同意，似乎也觉得它神秘兮兮的。“不过，”她说，“安德鲁曾是我的学生，如果说这个世界上还有人能解决这个定理的话，我敢打赌肯定就是他。”

在那几个星期里，我应邀参加了在利兹举行的一个“模形式”研讨会，但是在会议中，我对那些发言没多加注意，反而是在笔记本的空白处不断画着圆圈和鱼的符号，似乎是在凭空祈灵。我试图在厄内斯特·克拉克死后连续几天的报纸字里行间看到什么，但也

---

① 数论（Number Theory）是研究数的规律，特别是整数性质的数学分支。它与几何学一样，是最古老的而又始终活跃着的数学研究领域。

② 安德鲁·怀尔斯（Andrew Wiles，1953— ），英国数学家，现任教于美国普林斯顿大学。他于九七九年在剑桥大学获博士。一九九三年他证明出困扰数学家三百多年的费马最后定理，是数学上的重大突破。

③ 库默尔（Ernst Eduard Kummer，1810—1893），德国数学家，他在研究费马最后定理的过程中创立了“理想数”理论，为费马大定理的研究做出了开创性的贡献。

许因为皮特森的干涉介入，报纸上的报道只是一笔带过了两起案件之间可能有的关联，而且他们虽然描述了鱼的符号，但对其意义似乎一无所知，并认为那可能是一种签名。我请洛尔娜一旦有任何新的进展就写信把情况详细告诉我。可我收到的信，不是一份报告，而是一种我曾以为现在没人会写的信，一种我从未想到洛尔娜会写的信。篇幅很长，语气很温柔，是一封情书。

有人在研讨会上谈论“中文房间”试验。这是一九八〇年哲学家约翰·塞尔设计的认知试验。他让一个一点都不懂中文的人坐在房间里，然后让一个中国人用中文把许多问题写在纸上，从门缝里把纸塞进房间。房间里的人根据英文说明书用中文的发音把答案说出来。外面的中国人就以为房间里的人懂中文而且会说。我重读着洛尔娜在信中似乎未加思索激情四溢的话，同时想着翻译中最折磨人的问题，就是要知道——真正知道——当另一个人从你的门缝下面悄悄塞进一张写着可怕话语的纸，他到底是什么意思。在回信中，我引用了盖斯·伊本·穆拉瓦哈写给莱拉的诗中的一段祷告[①]：

哦，真主啊，请让我们的爱情相当，
谁也不会超过谁，
请让我们的爱情一模一样，
就像等式的两旁。

---

① 莱拉和马杰南的故事是发源于中东地区的经典故事：公元七世纪，阿拉伯半岛北部一个名叫盖斯·伊本·穆拉瓦哈的青年与姑娘莱拉相爱。姑娘的父亲竭力反对而将这对恋人拆散。痛苦的盖斯·伊本·穆拉瓦哈因而改名马杰南·莱拉（意为“为莱拉疯狂”）。这个故事在十三世纪以后流传至波斯、高加索等地，成为中东、伊斯兰地区历代传诵的经典爱情悲剧故事。据说莎士比亚写《罗密欧与朱丽叶》也曾受此故事启发。

我在音乐会那天回到了牛津。塞尔登已经在研究所我的信箱里留下了一张纸条，上面画了一个小地图，还有去布莱尼姆宫的几种方式以及我们见面的时间。下午我正换衣服的时候，有人敲门。是贝丝，我一下子哑口无言——只顾盯着她看。她穿着一件领口很低的露胸黑礼服，配以白色的长手套。她的头发拢向后面，露出下巴优雅的线条、纤细的脖子和光滑的双肩。这是我第一次看到她盛装打扮的样子，变化太大了。在我的注视下，她紧张地笑了笑。

“我和迈克尔在想，你也许愿意搭我们的车过去，如果你不介意早点到的话。我们正准备出发。”

我抓起一件薄棉罩衫，跟着她穿过花园。我以前只见过迈克尔一次，是从我房间的窗户远远看到的：他正把贝丝的大提琴搬到后座上去。当他终于探出身来跟我打招呼时，我看到的是一张喜悦而单纯的脸，面颊上有着农夫或快乐的啤酒汉一般的红晕。他很高也很壮，但在他的五官中，有某种柔软的东西让我想起贝丝提到他时的轻蔑话语。他穿着一件皱巴巴的燕尾服，肚子那儿的纽扣已经快扣不上了，一绺长而直的金色头发滑到额头上。我注意到他不断用两根手指把这绺头发向后拨。我不怀好意地揣测他可能会很快变成秃子。

他发动了车子，慢慢把车倒到开出康利夫街的坡道。车开到和大路的交叉口时，车头灯照亮了还在路面上的那只被压扁的动物。迈克尔突然打了一下方向盘避免从它身上开过，并放下车窗看看那摊血迹。尸骸已经被完全压扁了，但看得出模样，令人看了感到不适。

“是只獾，”他对贝丝说，“准是从林子里蹿出来的。”

“几天前就在这里了，”我说，“它刚被压的时候，我正经过。

我觉得它怀幼崽了。我从没见过这种动物。”

贝丝从迈克尔这一侧探出身去匆匆看了一眼，并没觉得很好奇。

“这像是一种有袋类的动物，外形就像一只大老鼠。我觉得在美洲也有，在南部的沼泽里。肯定是幼崽从袋子里掉出来了，母亲为了保护它就朝后跳。有袋类动物为了救幼崽什么事都做得出来。”她说。

“那没人来收拾这残骸吗？”我问。

“没人。清洁工都是很迷信的。没人敢碰獾，他们认为獾会带来厄运。但是来往的车辆会把它压得看不见的。”

迈克尔加快车速要赶在绿灯变红灯前驶上大路。融入车流后，他开始问我一些惯常的礼节性问题。我想起有位英国作家——我想是弗吉尼亚·伍尔芙——曾有一次为她的同胞在社交上的形式主义做过辩解，她解释说，一开始貌似平庸的、关于天气的谈话其实是表示在进入更重要的话题前，想要建立起一种共同话题与和谐气氛的愿望。但我开始怀疑，真的有那第二个阶段吗？或者说，我是否曾经听到过那些更重要的话题？我找机会问他俩是怎么认识的。贝丝说在乐队里，他俩相邻而坐，仿佛这样就解释了一切。而且事实上，我越看他们，就越觉得这的确是唯一的解释。相邻，习惯，重复——是两人结合最有效的方式。他甚至都不是像其他女人说的那样，是“第一个遇到的”；而是更为直接：“那个坐得离我最近的”。但我又知道什么呢？我当然不知道，我不可能知道，但我怀疑迈克尔身上唯一吸引她的地方，就是有另一个女人首先选择过他。

车子开到郊外的环路上，迈克尔在双车道上加快了速度，我们如闪电般经过广告栏，在这几分钟里，我感觉我又回到了现代社会。我们沿着一条两旁栽有树木的、狭窄的柏油路拐向伍德斯托克方向。枝叶在上方编织成长长的隧道，只能看到前方最近的一个转弯。我们穿过小镇，在一条侧路上行驶了几百米，绕过一道石头拱门之后，伴随着傍晚的最后一道阳光，我们眼前出现了巨大的花园，湖泊，布莱尼姆宫壮丽的剪影连同屋顶上金色的球体，还有耸立在栏杆上的、哨兵般的大理石雕像。我们将车停在入口处的停车场。贝丝和迈克尔拿着乐器穿过花园走到凉亭，那里摆放着给管弦乐队准备的乐谱架和座位。为听众预备的坐席还空着，某个注重细节的人将它们排列成无可挑剔的半同心圆形。我琢磨着当人群到来之后，这个小小的几何学奇观还能维持多久，是否还有人也会为这样的成果而感到惊叹。我决定在剩下的半个小时里到树林和湖畔走走。

天黑了下来。一个穿着灰色制服的老年男子正努力地聚拢起花园里的孔雀让它们归巢。透过树丛我见到几匹散放着的马。一个带着两条狗的看护在路上与我擦肩而过，他将草帽朝下压了压向我致意。当我走到湖的尽头时，天色已然全黑。我朝布莱尼姆宫的方向望去；好似一个巨大的开关已经被打开，整个前方像是被某件古老珠宝散发的光芒完全点亮了。湖泊连着倒影，似乎远远地延伸到了我想象之外的地方。我放弃了绕湖而行的念头，决定原路返回。

大部分座位已经坐满，人们宝马香车鱼贯而来，拖着长长的衣服逶迤而行，来人之多令我感到吃惊。我见到塞尔登正从前面某一排高高举着节目单冲我打招呼。他也异乎寻常地显得很高雅，身穿无尾长礼服，系着黑色领结。我们谈了一会儿他在剑桥组织的研讨会、怀尔斯秘密的演讲，也聊了聊我的利兹之旅。我转过身，看到两名工作人员正赶着翻开座椅摆出一排加座。

“没想到会来这么多人。”我说。

“是啊，”塞尔登说，“几乎全牛津的人都来了，你看那儿。”他朝右后侧的几个座位使了个眼色。

我佯装转过身，看到皮特森和一个年轻女子，可能就是我在皮特森办公桌上的照片里看到的二十年前那个金发小女孩。探长朝我们微微点头示意。

“还有一个我现在到哪儿都会遇到的人，”塞尔登说，“从我们向后两排，那个穿着灰色外套假装在看节目单的男人。您能认出没穿制服的他吗？是塞克斯副探长。皮特森似乎认为咱们那位仁兄下一个目标会离我更近。”

“那您又跟他谈过了？”我问道。

“只是通过电话。他请我按照我的思路，用尽可能简单的方式写下推断出第三个符号的理由，也就是组成这个序列的规则。我从剑桥给他寄去了解释信。只用半页纸不到的篇幅，不像他给我们念过的那份非常……呃……想象力非常丰富的心理分析报告。我认为他有一个计划，但肯定还在犹豫。心理学家的设想多么吸引人啊，这很有意思。哪怕是错误的或是荒谬的，但总比纯粹的逻辑推断显得更吸引人。人对逻辑思考总是有一种天生的抗拒性和本能的不信任感。哪怕抗拒完全是错误的，只要你研究一下人类逻辑发展的历史就会发现，那种抗拒心理是有基础的。”

塞尔登不知不觉间压低了嗓音。我们周围的窃窃私语也停了下来，灯光渐暗。一束强烈的白光极富戏剧性地照亮了乐队。指挥在乐谱架上迅速点了一下，将指挥棒指向首席小提琴手，开启今晚演出序幕的第一段小提琴独奏，就这样在一片寂静中幽幽响起，仿佛一缕烟盘旋升起。

轻柔地，像是在空气中收集着难以捉摸的细线，指挥示意让贝丝和迈克尔加入演奏，随后是管乐，钢琴，最后是打击乐。我看着贝丝，其实，哪怕是我在听塞尔登讲话的时候，都没有停止过看她。我想知道是否在舞台上，她才能真正感觉到与迈克尔的那种联系，但是，他们两个看起来全神贯注，都跟随着乐谱飞快地翻页。每一次定音鼓突然地敲响都会让我看向那个打击乐手。他个子很高，因上了年纪而驼着背，发白的胡子末端有些发黄，曾几何时，这把胡子应该是他的骄傲。不管怎么看，他应该是乐团里年纪最大的人。不敲鼓的时候，他外表显得犹豫不决且颤颤巍巍，这与他痉挛般的敲击中所表现出的活力形成了对比，似乎要在众目睽睽之下掩饰住帕金森综合症早期的不良症状。我注意到每次敲打之后他都会把手缩到背后，而指挥也总是用一种滑稽的手势来努力适应他的每次介入。音调逐渐推向庄严的高潮，指挥用手中的指挥棒猛地一挥，示意乐曲结束，然后转身面向观众，鞠躬，迎接观众的掌声。

我向塞尔登要来节目表。下一首乐曲是一位我从未听说过的作曲家萨尔瓦多·奥隆佐的近作，叫《春天的诞生》。我把节目单还给塞尔登，他也很快地扫了一眼。

“也许现在我们就要看到焰火了。”他小声说。

我顺着他的目光往高处看去，看向宫殿的屋顶，在那些雕塑中，你能看到晃动着一些正在准备礼炮的人影。巨大的寂静笼罩下来，乐团上方的灯光已经关闭，射灯的光圈单单照亮了一位幽灵般地举着三角铁的老人。我们听着神圣而悠远的叮当声，仿佛融化的冰水滴落的声音。一道也许是代表着日暮的橙色灯光，将乐队其他成员重新显现出来。三角铁敲击着与长笛做着旋律的配合，直至叮当声从主旋律中消失。射灯移向了钢琴，开启了第二段旋律。其他的乐器依次融入进来，好比行将绽放的花朵缓缓地伸着懒腰。指挥的指挥棒突然示意长号手们吹奏出野马在草原上驰骋般狂放的节奏。所有的乐器重重叠加在这一疯狂的追赶之上，直到指挥棒再次举起并指向打击乐手的台座。光束又一次聚集在他身上，似乎高潮将在那里来临。但是在毫无遮掩的白光照射下，我们可以看见，可怕的事情发生了。

那个老人手里还抓着三角铁，似乎是在拼命吸气。三角铁从他手中落下，落地时发出一声刺耳的声音。他摇摇晃晃跌下台来，射灯紧跟着照他，似乎灯光师也无法把眼睛从舞台上这一可怕的场面移开。老人朝指挥伸出一只手臂，发出无声的哀求，随后双手放到脖子上，似乎是在抗拒一个无形的攻击者掐他的脖子。他双膝着地跪了下来，人群发出一阵低沉的惊呼声，大部分坐在第一排的人已经站了起来。乐手们都围住老人，大声叫医生。一个男人从我们这一排绕出，冲上舞台。我起身让他经过，并忍不住跟着他一起上台。

皮特森探长已经在舞台上了，我还看到塞克斯也握着手枪跳上来。那个乐手已经脸朝下以一种怪异的姿势趴在地上，一只手还抓着喉咙，脸呈青紫色，就像一只断了气的海洋动物。刚从我身边经过的那个人是医生，他把老人的身体翻过来，两根手指搭在他的脖子上测脉搏，然后阖上了他的眼睛。皮特森蹲在他身旁，悄悄出示了证件，同他交谈了一会儿。然后他从乐手中间迈开步子走到台座那里，开始在地上搜寻，并用手帕捡起掉在台阶旁的三角铁。我转过身，看到塞尔登在我背后的人群中。

皮特森朝塞尔登打了个手势，示意到一排空座那儿会合。我挤出人群追上塞尔登，并跟着他，但他似乎没有发现我。他一言不发，脸上带着难以捉摸的表情。我们缓缓挤到自己的座位上。皮特森已经从舞台一侧下来了，正在从这排座位的另一端向他靠近。塞尔登突然停了下来，似乎因为看到他座位上的什么东西而惊呆了。有人从节目表上撕下两条英文单词组成了一条简短留言。我赶在探长把我推开之前看到了上面的字。第一条是：序列的第三个；第二条是一个单词：三角。

16

皮特森朝塞克斯做了一个紧急的手势，本来站在那儿照看尸体的副探长亮出证件，穿过人群朝我们这边走来。

“现在任何人都不能走，”皮特森命令，“我要知道这里所有人的姓名。”说着从口袋里掏出一部手机，连同一本小记事本一起递给他。“跟停车场的人联系，确保不让一辆车离开。叫十二名警员来做笔录，派一名警员监控湖边，派两个人阻拦企图通过树林到公路上去的人。你来清点一下在场的观众人数，比较一下售出的票数和入座人数。再去向那些服务员了解一下添了多少座位。我还要一份包括布莱尼姆宫所有工作人员、乐队成员、放焰火人员在内的完整名单。还有一件事，”当塞克斯正准备离开时，他说道，“今晚您的任务是什么，副探长？”

我看到塞克斯在皮特森严厉的目光下脸色发白，就像遇到了难题的学生。

“监视那些可能会接近塞尔登教授的人。”他说道。

“那么也许您可以告诉我们，是谁在他的座位上留了这张纸条。”

塞克斯看了一会儿那两张纸片，脸色都变了。他懊恼地摇了摇头。

“长官，”他说，“我以为真有什么人正掐着那个人，从我的位子上看是这样的，好像有人要勒死他。我看到您已经掏出武器，于是我跑上舞台去帮助他。”

“但他不是被掐死的，对吗？”塞尔登柔声说道。

皮特森似乎犹豫了一会儿再做出了回答。

“显然，这是突发的呼吸停止。桑德斯大夫，也就是那个奔上舞台的医生，两年前曾给他做过肺气肿手术，并认为他只有五到六个月的寿命。他还能站着真是个奇迹，因为他的呼吸能力大大降低了。医生的初步诊断，这是一起自然死亡。”

“是啊，”塞尔登嘟囔着，“自然死亡……”

皮特森已经拿出眼镜，再一次朝那两片纸弯下身去。

“您对于符号的看法很有道理，”他说，抬眼看着塞尔登，似乎还不能确定是该把教授当成同盟者还是对手。我能理解这一点：塞尔登的推理方式中有些是这位探长不能理解的，皮特森还不习惯有人居然在调查中领先他一步。

“是的，但是您也看到了，就算猜到下一个符号对我们也没什么用。”

“但是这跟以前的留言还是有点奇怪的差别：这次没有写时间，而且两片纸的边缘呈锯齿形，似乎是急急忙忙间随便从节目单上撕下来的。”

“也许，”塞尔登说，“他就是希望我们这么想。这整个场景，连同光束和音乐的高潮，难道不像是一出戏法吗？实际上，最重要的不是打击乐手的死；真正的花招是如何在我们的鼻子底下留下这两张纸条。”

“但是那个人在舞台上死了，这可不是什么戏法。”皮特森冷冷地说。

“对，”塞尔登说，“这就是不寻常的地方：与常规的情况相反，主要作用为次要作用服务。我们还不明白那个图形。我们现在可以把它画出来，可以依样画葫芦，可是我们不明白它是什么意思，至少不如他那么明白。”

“如果您对序列的想法是对的，那让他知道我们破解了序列，也许足以令他停止作案。无论如何，我认为我们应该马上向他发出这个信息。”

“可我们不知道他是谁，”塞尔登说，“怎么向他发消息呢？”

“从我收到有您解释的小纸条开始，我就一直在想这件事。我有个主意，希望今晚能征询心理学家的意见，然后我会给您打电话。如果我们想赶在凶手之前，避免下一起谋杀发生，那我们就没有时间可以浪费了。”

我们听到一辆救护车的鸣笛声，还看到《牛津时报》的采访车开近了。车的侧门拉开，出来一位摄影师，然后是那个曾在康利夫街采访过我的瘦高个记者。皮特森捏着两片纸条的两端小心地将它们收起来，放进他的一个口袋。

“到目前为止，这是一起自然死亡，”他说，“我不想让那个记者看到我在和你说话。”皮特森转身朝围在舞台那儿的人群走去。“好了，”他叹了口气说，“我得去清点一下人数了。”

“您真的认为他可能还在这里？”塞尔登说。

“我想无论是今晚在场的人现在都还在现场，还是少了一个人，我们总是会多知道一点他的情况。”

皮特森走开几步，又停下来和那个演出时坐在他身边的金发姑娘说了一会儿话。探长对她朝我们做了个手势，她点了点头。过了一会儿，她径直朝我们走来，带着热情的微笑。

“我爸爸说出租车和汽车都得有一阵儿才能离开。我现在要回牛津，可以捎你们回去。”

我们跟着她朝停车场走去，上了一辆汽车，汽车雨刷上不太显眼地夹着一张警方证明。离开停车场时，我们看到了皮特森调来把守停车场的那两个警官。

“这是我头一回终于能带我父亲听音乐会，”姑娘一边说一边朝后看，“我本以为这能让他从工作中解脱一会儿。这下可好，估计他不回来吃晚饭了。我的上帝，那个扼住自己喉咙的人……我还是不能相信这是真的。爸爸认为是有人要掐死他，差点儿就朝舞台上开枪了，但是聚光灯打在那个人脸上，看不清他身后的情况。他还问我该不该开枪。”

“那从你的位置能看到什么？”我问。

“什么都看不到！发生得这么快……而且，我正分神看着宫殿的高处。我知道那个乐章结束后就会放焰火，所以正惦记着这事儿呐。在这种场合他们老是让我组织放焰火，大概是因为他们觉得我是警察的女儿，对一切跟火药有关的东西都精通。”

“屋顶上有多少人负责放焰火？”塞尔登问。

“两个，不需要更多的人了。可能最多再加一个宫殿的保安。”

“从我的角度看，”塞尔登说，“那个打击乐手的位置和乐队其他人稍有点距离。他是舞台右后方最后一个人，站在一个台座上。只有他才有可能被人从背后袭击而不会被察觉。灯光熄灭时，任何一个观众或者这里的工作人员都可能绕到舞台后面。”

“但我爸爸说死因应该是呼吸停止。难道还有什么外界的因素能导致这样的情况发生？”

“我不知道，我不知道，”塞尔登说，又非常平静地说了一句，“我希望如此。”

塞尔登这句“我希望如此”究竟想要说什么？我正准备问他，

皮特森的女儿已经在和他专心谈论马，然后便一发不可收拾了，他们即兴谈论着诸如共同的苏格兰祖先之类的话题。我回味着他这句奇怪的话，不知道是否吃透了英语中“我希望如此”这句话的微妙含义。我想他只是在婉转地表示背后袭击是解释这次死亡事件唯一合理的假设。从一般的常识考虑，最好也设想事情就是这样发生的。因为如果死亡不是因为某种原因引起的，如果真的是一起自然死亡，人们可能只会联想到一些不可思议的事：隐身人，日本禅宗弓箭手[①]，超自然力量。人的思维会自动做一些调整、变通，真是奇怪啊。我说服自己，这就是塞尔登的意思，并且当我们下车以后或是在以后的谈话中，我都没有再问他。但是现在，我才明白他平静地说出的这句话，其实是进入他内心深处想法的关键和捷径。

如果要替我自己辩护的话，我也许可以说，我当时的注意力放在别的东西上：那天晚上如果塞尔登不告诉我那个序列到底如何解，我是不会放他走的。说来惭愧，即便知道了第三个符号是三角，我还是像开始那样摸不着头脑。我一边心不在焉地听着他们在前排的谈话，一边徒劳地琢磨圆圈、鱼、三角三者之间有什么构成序列的关联，还空想第四个符号会是什么。我略带焦虑地看着皮特森女儿的笑容，决定等我和塞尔登一下车，就要从他嘴巴里撬出答案。虽然我没明白他们某些口语的含义，但还是发现他们对话的话题越来越隐秘，甚至她用一种楚楚可怜而诱人的语调再度提到，今晚她只能一个人吃饭了。我们沿着班伯里路开进了牛津，皮特森的女儿在康利夫街的拐弯处停下了车。

“是停在这儿，对吗？”她带着迷人而肯定的微笑对我说。

---

① 日本传统中，修习弓箭是参禅悟道的一种途径。日本的弓道就是在禅宗思想的影响下发展起来的一种艺术形式；它的修炼方法和所要达到的境界，都与禅的精神密不可分。

我下了车，但在车子开走以前，我突然一阵冲动，拍打着塞尔登一侧的车窗。

“您必须告诉我，”我压低嗓音，但语调急迫地用西班牙语对他说，“哪怕只是一个提示，请您告诉我一些解那个序列的思路吧。”

塞尔登惊讶地看着我，但是我的请求生效了，他似乎同情起我来。

“你和我，我们这些数学家是干什么的?”他说，带着一丝奇怪的伤感微微笑着，似乎在恢复一段他本来认为已经失去的记忆，“用你们国家一位诗人的话说，我们都是毕达哥拉斯勤奋的门徒。”

17

我站在人行道上，目送汽车消失在黑暗中。我口袋里除了房间钥匙，还有一把研究所边门的钥匙，以及在任何时间进入图书馆的磁卡。我觉得离睡觉的时间尚早，便在昏黄的路灯下朝研究所走去。街上一片空旷；只在天文台街上看到一家印度餐馆窗后有一些动静：两名服务员正把椅子翻到桌上，一个裹着纱丽的女子正在拉窗帘。圣吉尔斯街上也空无一人，但研究所有几间办公室还亮着灯，停车场里停着两辆车。我知道有些数学家只在晚上工作，也有人经常回来查看某个长期项目的进展情况。

我上楼来到图书馆；灯都亮着，进去的时候，听到有人在书架间悄悄走动的脚步声。我走到数学史部分，用手指点着浏览书脊上的标题。有本书从其他书中稍稍突了出来，好像有人刚翻阅过，但把它放回去时没有太注意。书挤得很紧，我得用两只手才能把它拽出来。封面上的图案是一座金字塔，上面的十个点都被火苗笼罩着。书名《毕达哥拉斯学派》就在火焰边上一点点。凑近看，那些点其实是些小小的、剃光的头，像是从头顶上方向下看的僧人脑袋。所以，这些火焰也许并非隐约象征了几何学所激发起来的如火激情，而是专门暗指毁灭了毕达哥拉斯学派的那场可怕大火[①]。

我走到一张书桌前，在灯下打开书，刚翻了两页就看到了。它一直就在那里，形式绝对简单。那是最古老、最基本的数学概念，

---

① 参见后文第 130 页注释②。

甚至尚未褪去神秘主义的色彩。在毕达哥拉斯学派的学说里，数字代表了神性力量的基本原则。圆圈就是 1，表示完美的个体、单元，万事万物的开端，封闭而完整地存在于它自身的线条之内。2 是复合的象征，是所有矛盾和二元性，所有生育的象征。它由两个圆形相交构成，中间呈椭圆形，好比有一颗杏仁被包含在中央，它曾被叫做 Vesica Piscis，即鱼鳔。3，三个一组，是两个顶点间的连接点，是为差别带来秩序与和谐的可能性。是一个完整体系中将道德和不道德统一起来的精神。

而且，1 是一个点，2 是连接两点的直线，3 是三角形，同时也构成一个平面。1，2，3。原来，序列就是自然数的排序。我翻过一页，想看看对应 4 的符号。它是由十个点组成的四元体图案，就是我在封面上看到的有十个点的金字塔，毕达哥拉斯学派神圣的徽章和形象。那十个点是 1 加上 2，加上 3，再加上 4 的和。它们代表了物质和四元素。毕达哥拉斯学派认为，所有数学就归结于这个符号，它同时代表了三维空间和天体间的音乐，并且孕育了几个世纪后斐波那契[①] 才偶然发现的组合数和穷其毕生发现的倍数的萌芽。

我再次听到了脚步声，而且更近了。我抬眼看去，惊奇地发现是波多洛夫，我办公室里的俄罗斯同事。他绕过最后一个书架，看到我在书桌前，便带着好奇的微笑走过来。奇怪的是，他在这里看起来很不一样，好像在自己家里一样自在，我能想象他喜欢在夜里成为图书馆主人的感觉。他手里拿了支烟，先在玻璃桌面上轻轻嗑了嗑，然后点上火。

---

① 斐波那契（Fibonacci，约 1170—1250），意大利数学家。

“是啊，”他说，“我晚上来这里就是为了能安安静静地抽烟。”

他冲我友好地苦笑，并且翻过书封面看书名。他没刮胡子，目光坚毅明亮。

“哦，是《毕达哥拉斯学派》……这肯定跟你在办公室黑板上画的那些符号有关吧？圆圈，鱼……如果我没记错的话，是毕达哥拉斯学派开头的象征数字，对吧？”他想了片刻，好像在证实自己记忆力似的背诵起来：“第三个是三角，第四个是由十个点组成的四元体。”

我看着他，觉得很惊讶。我发现这个看到我在黑板上研究那两个符号的波多洛夫根本就没想过这会涉及其他的事，以为就是某个奇怪的数学问题。很显然，他对几起案件一无所知，而且当时他完全可以从自己的桌子前站出来，为我画出接下来的序列符号。

“这是阿瑟·塞尔登布置给你的题目吗？”他问我，“就是从他那儿，我第一次听说了这几个符号，那是在他一次关于费马最后定理的研讨会讲座上说的。当然，你知道，费马最后的定理只是对这个学派保守得最严格的秘密——毕达哥拉斯三元组问题——的延伸。”

“那是什么时候的事？”我问，“肯定不会是最近吧。”

“不是，不是，好多年前的事了，”他说，“依我看，这么多年了，塞尔登都已经不记得我了。当然啦，他那时已经是伟大的塞尔登，我只不过是举办那次研讨会的俄罗斯小城里一个默默无闻的研究生。我给他带去了我对费马定理的研究成果——那是我当时一直在研究的课题——我还请他把我的论文带给剑桥大学数论领域的研究团体，但他们显然都忙得没空看。”“不过，也不是都没看，”他说，“有一个塞尔登的学生看了，并且纠正了我英文拼写和表达上的错误，然后就用他的名字发表了。于是他因为对十年来为证明费马最后定理而作出的最重要贡献，而获得了菲尔茨奖[①]。正是借助这些研究成果，现在怀尔斯离最终证明费马大定理就只差一步了。我后来给塞尔登写信，他回信说我的研究里有一个错误，他的学生把它改正了。”他干涩地笑了笑，并朝上用力吐了一口烟。“我唯一的错误，”他说，“就是我不是英国人。”

我真希望能够让他马上闭嘴。正如上次在大学公园里散步那样，我再次觉得，我马上就要看到什么了，如果我现在独处，也许那个我上次没有把握住的难题会迎刃而解。我站起身，嘀咕了一个含糊的借口，快速地填写了一张借阅单把书带走。我想到外面去，在黑夜里，离一切都远远的。我冲下楼梯，就要走出门口时，差点和一个从停车场那儿过来的黑影相撞。是塞尔登，他已经在无尾长礼服外罩了一件雨衣。我这才意识到外面在下雨。

“你这会儿出去的话，书会被淋湿的，”他说着，伸过手来看书的封面，“看来你已经找到了。而且从你的脸上我能看出你还有别的新发现，对吗？这正是我要让你自己寻找答案的原因啊。”

“我遇到了我办公室的同事波多洛夫；他说多年以前见过你。”

“维克多·波多洛夫，是的……我很好奇他都跟你说了些什么。我也是在皮特森探长给了我一份研究所里所有数学家的名单时才记起他的。不过我已经认不出他了；我记得他当时是个留着络腮胡的小伙子，胡子头上尖尖的，有些心神不宁的样子，他认为自己有证据能证明费马大定理。很久以后我才想起曾在那次研讨会上说起过毕达哥拉斯学派的数字。但我并不想把这些说给皮特森探长听，我

① 菲尔茨奖（Fields Medal）被认为是国际数学界的诺贝尔奖，每四年颁发一次，每次获奖者不超过四人。获奖者年龄不超过四十岁。

一直对波多洛夫心存愧疚，听说他得知我的学生荣获菲尔茨奖后，曾经想自杀。”

“无论如何，”我说，“都不可能是他，对吗？今天晚上他在图书馆里。”

“不会是他，我从没想过他是凶手。但我知道，他也许是唯一一个能马上认出序列的人。”

“是的，”我说，“他很清楚地记得您的讲座。”

我们站在大门口半圆形的屋檐下，一阵阵的风夹带着雨水，洒到我们身上。

“我们去酒吧。”塞尔登说。

我跟着他，护着书不让雨水打湿。那里似乎是全牛津唯一还开着的地方了，吧台前挤满了人，互相交谈，发出洪亮的笑声，带着那种似乎只有在数巡啤酒之后，英国人才会流露出来的兴奋和稍显做作的高兴。我们坐到一张小桌子旁，木头桌面上还有杯底留下的环形水渍。

“很抱歉，”女店主远远地说，似乎她已经不能为我们做什么了，“最后的点单时间已经过了。”

“我们不能在这里久留，”塞尔登说，“我想知道你的看法，既然你现在已经知道了这个序列。”

“它比任何一个数学家所想象的都要简单得多，不是吗？也许这是一种天才的行为，但还是有些令人失望。说到底，不过是 1，2，3，4，就像第一天你给我看的对称的序列一样。但是，这也许不像我们所想象的那样是某种谜语，而只不过是他持续计算死亡数目的方式：第一起，第二起，第三起。”

“是的，”塞尔登说，“这才是最糟糕的，因为他可能无休止地杀下去。但我还是抱有希望，觉得那些符号是种挑战，而且如果我们能证明已经知道的话，他就会停下来……皮特森刚从他的办公室给我打了电话，说他有个主意也许值得一试，而且，显然那位心理学家也同意这么干。他要改变在报纸上披露案情的策略：他会让明天的《牛津时报》在头版刊登第三起谋杀案的消息以及那个三角形的图片，同时他会在访谈中透露前面的两个符号。他们会为他精心准备问题，以显得他对案情毫无头绪，没有凶手那么聪明。按照心理学家的说法，这会给咱们那位仁兄所需要的成就感。

我写给皮特森看的关于四元体的纸条，也会以我的名义在星期四的报纸上发表。就在同一版面位置，他们曾经刊登了我书中讨论连环谋杀案的那一章。这应该足以向他证明至少我知道，并且能够预测到下一起谋杀的符号。这样就让整个连环谋杀案进入了他一开始预设的、几乎完全个人挑战的层面上来。”

“但是就算这能奏效，”我有些惊讶地说，“就算他凑巧在星期四的报纸上看到您的这个论述，并且更走运的话，能阻止他继续杀人，可皮特森怎么能抓住他呢？”

“皮特森认为这只是时间问题。我觉得他是希望那个人就在参加音乐会的人员名单中。不管怎样，他似乎决心尽可能避免出现第四起谋杀案。”

“有意思的是我们现在已经具备一切条件来预测下一步。我的意思是我们有了三个符号，就像弗兰克·卡尔曼的某个序列，我们应该能推测出第四起谋杀的一些情况。把由十个点组成的四元体和什么联系起来呢？怎么把死亡和这些符号联系起来，我们还不知道。但我一直在想那个桑德斯医生说的话，我发现了一个反复出现的主题：在三起案件中，被害人在某种程度上，都活得比预期的时间长，也就是说他们本来就可能已经死了。”

“对，这倒是真的，”塞尔登说，“我没注意到这一点……”他茫然看了一会儿远方，似乎突然感到疲倦，厌烦了案件的枝枝蔓蔓。“对不起，”他说，似乎不知道自己走神了多久，“我有种不祥的预感。我本以为公开序列是个好主意。但是从明天到星期四，也许中间相隔时间太长了。”

18

我至今依然保存着一份那个星期一的《牛津时报》，是为了那个幽灵般的读者而精心准备的。看着现在已经褪色的打击乐手的照片、用中国墨汁画的符号，重读为皮特森探长准备的问题，就像冰冷的手指碰到我的皮肤一样，我能再次感受到，当时塞尔登说从现在到星期四中间时间相隔也许太长的时候，他声音中的战栗。总之，看着这些依然停留在报纸上的内容，我能理解，他因为想到种种假设正在现实世界中获得神秘的生命力而感到恐惧。但是在那个明媚的早晨，我没有任何预感，还激动地，不无一丝骄傲地，无疑还有一点愚蠢的虚荣心地，读着报纸上这个我已经提前几乎全都知道了的故事。

洛尔娜一早就打来电话，声音很兴奋——她刚看了报纸上的报道，想和我一起吃午饭，好让我把一切原原本本告诉她。她不能原谅她自己，也不能原谅我，因为前天晚上她独自呆在家里，而我却在那儿，在音乐会上。她为此而恨我，不过她中午还是会从医院溜出来，跟我在小克拉仁登街的那家法国咖啡馆见面，因此我就别再考虑午餐时和艾米莉做计划的事了。我们在巴黎咖啡馆见了面，我们一起开怀大笑，说着笑着谈那几起谋杀案，带着热恋中的年轻恋人那种有些肆无忌惮、亲密无间的腔调吃着火腿可丽饼。我把皮特森已经让我们知道的事讲给洛尔娜听：那个打击乐手曾做过一个很大的肺部手术，医生对他之前居然没有死感到很惊奇。

“就跟厄内斯特·克拉克和伊格尔顿夫人的案子一样。”我说完，等着她对我这个小理论的反应。洛尔娜想了一会儿。

“但是伊格尔顿夫人的情况并不完全一样，”她说，“我在她死的两天前在医院里遇到过她，她容光焕发，因为化验显示她的肿瘤正在消退。医生对她说她还能活好多年。”

“好吧，”我说道，似乎那只是个小问题，“但那肯定是她和医生之间的谈话吧，凶手没法知道。”

“所以他挑的都是那些活的时间比预期长的人？这就是你想要说的吗？”

她的脸忽然暗下来，指着她正对着的、吧台后的电视机。我转过身，看到屏幕上一个卷发小姑娘的笑脸，下方有个电话号码，以及恳请全国人民打这个电话的呼吁。

“是那个我在医院见过的小姑娘吗？”我问洛尔娜。她点了点头。

“她现在是全国亟需器官移植的病人名单上的头一个，最多还剩下四十八小时。”

“她父亲怎么样了？”我问道，他狂乱的眼神我还历历在目。

“最近几天我没见过他，我想他必须得回去上班了。”

她伸出一只手与我十指相扣，似乎想驱散这突如其来的阴云，接着她朝女招待做了个手势又叫了杯咖啡。我在餐巾纸上画了个示意图，指出那个打击乐手在舞台上的位置，问她是否知道有什么方法能诱发呼吸停止。

洛尔娜搅拌着咖啡，想了一会儿。

“我只能想到一种不留痕迹的方法：有人有足够的力气从后面爬上去，用手同时捂住他的嘴和鼻子。这叫做布克杀人法，是因威廉·布克而得名的；你也许在杜莎夫人蜡像馆见过他的蜡像。他在爱丁堡开一家客栈，用这种办法杀了十六个房客，然后把尸体卖给当时的解剖师。对于一个肺功能衰竭的人，只要用几秒就能使他窒息。我觉得凶手就是用这样的方法来使他窒息的，当聚光灯照亮打击乐手时，他立刻松手，但是被害人已经肺病发作，很可能心搏也已经停止了。你们随后看到的情景——他双手放在喉咙上，仿佛有个幽灵掐住了他——正是人无法呼吸时的典型反应。”

“还有件事，”我说，“你跟你的法医朋友又谈论过克拉克先生尸体解剖的事吗？皮特森探长认为他有不同解释。”

“没有，”洛尔娜说，“但他邀请过我好多次共进晚餐。你觉得我该接受邀请吗？”

我笑了。“不要，不要，”我说，“我还得靠这个谜活下去。”

洛尔娜看了看她的表。

“我得回医院了，”她说，“但你还没告诉我关于序列的事呢。希望不是很难：我的数学已经忘得精光了。”

“不难，令人惊奇的恰恰是其解答方法的简单。序列就是毕达哥拉斯学派使用的符号 1，2，3，4……”

“毕达哥拉斯学派？”洛尔娜问道，似乎这勾起了她某种模糊的回忆。

我点点头。

“我上学读药物史课程的时候，曾学到过一阵子。他们相信灵魂的转世，对吗？我记得，他们对于脑力发育不足的人有一套很残酷的理论，后来斯巴达人和克罗敦[①]的医生先后将这套理论用于实践。他们认为智力拥有至高无上的价值，智力发育迟缓的人肯定是

① 意大利南部海边古城，毕达哥拉斯在此地建立毕达哥拉斯学派，当时那里是希腊的属地。

前世犯了重大罪过之人的转世投胎。他们等到这些人年满十四岁，也就是唐氏综合症[①]患者决定寿命的关键年龄，把那些活下来的人像豚鼠一样用于医学实验。他们是第一批尝试器官移植的人……毕达哥拉斯本人就有一条金质大腿。他们也是最早的素食主义者，但是他们禁止食用蚕豆，”她笑着说，“好了，现在我该走了。”

我们在咖啡馆门前告别；我得回研究所写第一篇申请奖学金的报告，然后我花了两个小时查阅论文，摘抄参考资料。到三点四十五分，我像每天下午一样下楼来到公共休息室，数学家都聚在这里喝咖啡。人比以往多，似乎今天没人呆在自己办公室里，我立刻听到一阵阵兴奋的低语。看着所有人都在一起，有的害羞，有的不修边幅，有的彬彬有礼，塞尔登的话回到我的脑中。是的，他们就在这儿，两千五百年之后，手里拿着硬币，有秩序地排着队取咖啡，他们都是毕达哥拉斯辛勤的门徒。有一张报纸在小桌上摊开着，我以为所有人都在谈论那个符号的序列。我错了。

艾米莉在等咖啡的队伍里与我相遇，她两眼放光，仿佛向我透露一个只有几个人知道的秘密似的告诉我：“显然，他成功了。”她说话的样子好像连她自己都难以相信。看到我一脸茫然的样子，她说：“是安德鲁·怀尔斯！你没听说吗？在剑桥的数论研讨会上，他申请明天的会议延时两小时。他要证明谷山–志村猜想[②]。如果他能坚持到底，费马最后定理就会被证明。这里有一大帮数学家想明天去剑桥。这可能是数学史上最重要的一天。”

我看到波多洛夫带着他一贯的阴郁走了进来。看到人们在排

---

① 唐氏综合症俗称先天性痴呆。

② 二十世纪五〇年代两位日本数学家谷山丰和志村五郎提出的猜想。后来国际数学界证明：假如谷山–志村猜想成立，则费马大定理为真。

队，他便决定先坐下看看报纸。我托着装得满满的咖啡杯和妙芙蛋糕朝他走去。波多洛夫抬起头，带着不屑的表情扫视了一圈。

“怎么样？你报名参加明天的郊游了吗？我可以把照相机借给你，”他说，“所有人都想有一张怀尔斯写着 QED[①] 的黑板的照片。”

我还没决定去不去。”我说。

“为什么不去？有免费班车，而且剑桥也很漂亮，典型的英国风格。你去过那儿了？”

他心不在焉地翻着报纸，目光停留在关于那几起案件和符号序列的长篇报道上。他看了开头的两三行，又看看我，表情中带着某种警觉和猜疑。

“你昨天就知道一切了，是吗？这些谋杀案发生多久了？”

我告诉他第一起命案发生在近一个月前，但警方刚决定公开这些符号。

“塞尔登在这些案子中扮演的是什么角色？”

“每起谋杀案的留言都是为了给他看的。第二张留言，画着鱼的符号的那个，就出现在这里，贴在门口的旋转门上。”

“啊，对，现在我想起那天早上小小的骚动了。我看到了警察，我还以为是谁砸破了玻璃呢。”

他又低头看报纸，很快看完了这篇报道。

“但这里根本没有出现塞尔登的名字啊。”

“警方不想公开那三条留言是针对他的。”

他又看着我，但表情已经变了，似乎有什么事让他觉得很好玩。

① 证毕，数学中表示论证结束的拉丁文 Quod erat demonstrandum 缩写。

“这么说，有人正在和伟大的塞尔登玩猫捉老鼠的游戏喽。也许会有一场神的审判。当然啦，是一位数学之神，”他神秘兮兮地说，“你猜猜第四起谋杀案会是什么样子？严格按照古老、庄严、由十个点组成的四元体那样的死亡吗？”他看着四周，像在寻找着灵感。“我好像记得塞尔登喜欢打保龄球，至少有段时期很喜欢，”他说，“当时这项运动在俄罗斯还没什么知名度。我记得在演讲中，他把这种四元体的十个点比作保龄球开局时摆放的十个球瓶。在第一局第一次投球就把所有球瓶都击倒了。”

“全中。”我说。

“对，正是。真是一个美妙的词吧？”他带着浓重的俄罗斯口音重复着，露出奇怪的微笑，似乎正在想象一个无情的球和滚动的球瓶，“全中！”

19

到五点钟，我终于完成了报告的初稿。离开办公室前，我再查了一遍电子信箱。里面有一封塞尔登的短信，说如果我有空的话，在他的讨论课结束后到默顿学院去跟他见面。我连忙赶去以便准时到达。我爬上通向教室的小楼梯，透过玻璃门看到他下课后还在黑板前和两个留下的学生讨论问题。

等学生们走后，他打手势让我进去，一边把笔记放回文件夹，一边指给我看黑板上画的一个圆形。

"我们正在讨论库萨的尼古拉斯[①]一个几何学比喻，真理就像一个圆周，人类想要到达它的意图就像一系列内切的多边形，边数越多，最终就越接近于圆形。这是一个乐观的比喻，因为连续的阶段使人得以感觉到最终的形状。然而，还有另一种可能，是我的学生尚未认知的，是一种令人泄气的可能。"他在圆周旁边很快地画了一个不规则的图形，有很多的角和缝隙。"试想一下，真理的形状，我们就说，是像不列颠岛的形状吧，有着陡峭的海岸，凹凹凸凸地没完没了。这次如果您想重复用多边形接近图形的游戏，就会遭遇到曼德尔布罗特[②]的悖论了。边缘总是不可捉摸的，会把每一次新

---

① 库萨的尼古拉斯（1401—1464），出生于特里尔（今在德国境内）的天主教枢机主教、数学家、古典学家、实验科学家、有影响的哲学家。

② 本华・曼德尔布罗特（Benoit B.Mandelbrot，1922—2010）出生于波兰的法国数学家，现定居美国任耶鲁大学终身教授，被称为"分形几何之父"。一九七三年，曼德尔布罗特在法兰西学院讲课时，首次提出了分维和分形几何的设想。分形（Fractal）一词，是曼德尔布罗特创造出来的，其原意具有不规则、支离破碎等意义，分形几何学是一门以非规则几何形态为研究对象的几何学。由于不规则现象在自然界是普遍存在的，因此分形几何又称为描述大自然的几何学。分形几何建立以后，很快就引起了许多学科的关注，这是由于它不仅在理论上，而且在实用上都具有重要价值。

的尝试分割成更多的凹凸，这个多边形的系列就没有办法和任何一条边界相吻合。与此相类似，真理也不可能屈服于人类一系列接近的意图。这会让你想到什么？”

“想到哥德尔定理？多边形会由越来越多的公理构成新的体系，但是有一部分真理是难以企及的。”

“是的，就某种意义而言，也许是这样的，但是，以我们的情况来看，根据维特根斯坦和弗兰奇的结论：一个序列里的已知项，无论项的数目有多少，永远都是不充分的……”他又一次指着黑板。“别人怎么能预知我们正在讨论这两个图形中的哪一个呢？你知道，”他突然说，“我父亲有一个很大的书房，书房中央有一个书架，上面放的书是我看不到的，因为书架上有扇门，用钥匙锁了起来。每次他打开那扇门，我都只能看到里面贴着一幅版画：画中是一个男人的侧影，一手触地，另一只胳膊高高举起。版画下面用我不认识的语言写着说明，后来我才知道那是德文。后来我还发现一本我认为非常奇妙的书：一本他上课教书时用的双语词典。我一个字一个字地查词典。那句话很简单又很神秘：‘人只不过是一个他的行为组成的序列’。我对那些单词有一种孩童般的绝对信仰，并开始把人看作一个个暂时的、不完整的图形，还是草稿阶段的图形，总是难以捉摸的。我意识到，如果人只不过是其行为的序列，那么，在他死之前都是无法被定义的：只要一个行为，最后一个，就能摧毁他之前的存在，颠覆他全部的人生。同时，正是我自身行为的序列才是最让我感到害怕的。人才是我最害怕的。”

他给我看他沾满了粉笔灰的手。额头上也有一道滑稽的白印子，似乎是他不经意间手碰了脸。

“我要去洗一下手，一会儿就回来，”他对我说，“从这儿下楼你就会看到自助餐厅；能替我要一个大杯的咖啡吗？不要加糖，谢谢。”

我点了两杯咖啡，塞尔登准时出现了，他把咖啡端到一张比较偏的桌子上，桌子朝向一个花园。从自助餐厅敞开的门里能看到从大门口往学院内部长廊去的游客络绎不绝地经过走廊。

“今天早上我和皮特森谈了话，”塞尔登说，“他告诉我昨晚清点人数时碰到了一个小小的麻烦。他们一方面已经有了在入口处剪过票后进入布莱尼姆宫花园的确切人数，另一方面，他们也知道了有人入座的坐席数目。负责安排座位的是个极其细致的人，他保证说是严格按照需要添加的座位。奇怪的事情就在这里：他们统计后发现人数比座位数要多。有三个人显然没使用座位。”

塞尔登看着我，似乎在等我马上作出解释。我想了一会儿，有点尴尬。

“我想在英国，人们不会不买票就溜进场吧。”我说。

塞尔登爽朗地笑了。

“不会，至少不会在慈善音乐会上……哈，你不用再想了，其实答案很傻，皮特森只是在逗我玩儿，今天他头一回心情不错。那三个多出来的人都是坐在轮椅上的残疾人。皮特森对统计结果很满意。他的助手做的名单上，人数不多不少，一个不差。他第一次觉得给这个问题划定了范围：他只要在音乐会的八百个人中搜索，而不是整个牛津郡五十万人口。而且皮特森认为搜索范围很快就会缩小。”

“三个坐轮椅的。”我说。

塞尔登露出微笑。

“是的，按理，那三个坐轮椅的和一群特殊学校来的患唐氏综合症的孩子，以及好几位年纪很大的老太太，都有可能成为被害人。”

“你认为他挑选杀人对象的决定性因素是年龄？”

“我知道你有另一套想法：他挑的被害人都是活得比预期的时间长，本来就可能要死的人。是的，在这种情况下，年龄是一个不能忽略不计的因素。”

“皮特森有没有告诉你跟那起死亡事件有关的其他情况？他拿到验尸报告了吗？”

“拿到了。他想排除一种可能性，即打击乐手在音乐会开始前注射了某种可能导致呼吸停止的药物。验尸结果也的确排除了这一可能性。没有任何暴力迹象，脖子上也没有痕迹。皮特森认为凶手熟悉现场演奏的音乐：他选择了打击乐不参与演奏间隔最长的那个时间段下手。这样他就能确保打击乐手是在聚光灯之外。皮特森也排除了凶手是乐团成员的可能性。依照打击乐手在舞台后面所处的位置和他脖子上没有痕迹来看，答案只可能是凶手从后面爬了上来……”

“并且捂住了他的鼻子和嘴巴。”

塞尔登颇为惊讶地看着我。

“这是洛尔娜的判断。”

他点点头。

“是啊，我应该料到的：洛尔娜对有关犯罪的一切都了如指掌。法医说，在打击乐手试图作出反应挣扎之前，因遭到袭击而引起的惊恐本身就可能致使他呼吸停止。有人从后面爬上来，趁黑突然下手……看来这是唯一合理的解释。但这并不是我们所看到的。”

“想必你不会倾向于假设凶手是幽灵吧？”我说。

令我吃惊的是，塞尔登对我这句话似乎还一本正经地思考了。他缓缓点头。

“对，”他说，“在这两种答案之间，现在我情愿假设是幽灵干的。”

他喝了点咖啡，又看着我。

“你不该让找到答案的迫切心理干扰你对事件的记忆。我找你来见面，实际上是因为我想让你看看这个。”

他打开公文包，拿出一只信封。

“今天我在皮特森办公室的时候，他给我看了这些照片，我请他把照片借给我，好让我在明天归还之前再好好看看。其实主要是想让你看一下：都是伊格尔顿夫人那起案子的犯罪现场照片——那是第一桩命案，一切的开始。探长又回到了开头的问题上来：第一张纸条上画的圆圈，跟伊格尔顿太太有什么关系？你知道，我认为你当时在那里看到了别的什么，你还没有意识到它们是很重要的，但是已经存在你记忆的角落里了。我想这些照片也许可以帮助你把它们想起来。都在这里了。”他说着，把信封递给我：“小客厅，布谷钟，贵妃榻，拼字游戏的棋盘。我们知道在第一起案子里，他犯了一个错误。根据这一点我们应该还能发现什么……”他走神了片刻。他环顾屋子里的其他桌子，又看了看外面的长廊，脸色突然沉了下来，似乎看到了什么应该警惕的东西。

“有人刚在我的信箱里放了什么东西，”他说，“真奇怪，因为今天早上邮差已经来过了。我希望塞克斯警官还在附近。等我一会儿，我过去看一下。”

我转过椅子，发现从塞尔登面对的位置，的确能看到墙壁上的最后一排木质信箱。他收到第一张纸条就是在那里。我对学院里所有人的信件往来都在走廊上如此开放地敞开而颇为吃惊。不过，数学研究所的信箱也是无人看管的。塞尔登回来的时候，看着信封里的东西，笑得很开心，似乎收到了一个意外的惊喜。

“你还记得我跟你提过的魔术师吗，热内·拉万德？今明两天他会在牛津。我收到了今晚的门票，只能今天晚上看，因为明天我要去剑桥。你参加我们这次数学家集体出游吗？”

“不了，”我说，“我想不去了，明天洛尔娜休息。”

塞尔登微微地扬了扬眉毛。

“数学史上最重要问题的解答对阵一位美丽的姑娘……还是姑娘赢了，我想。”

“但是我很想看今晚的魔术师表演。”

“当然啦，当然要去看。”塞尔登带着一种奇怪的激动劲儿对我说。“你绝对要看。演出九点钟开始。那么现在，”他说，似乎正在给我布置家庭作业，“请你回家仔细看看这些照片。”

20

我回到房间，煮了一壶咖啡，整理好床，把信封里的照片摊在床单上。看着它们的时候，我想起几句话，好像是某位象征派画家一句不太有名的格言：照片所捕捉到的真相永远少于绘画。床上这些曝光无可挑剔的照片所构成的破碎景象，似乎的确有某些东西无可挽回地消失了。

我试着按不同的顺序摆放，改变几张照片的位置。*我当时看到了一些东西*。我又试了一次，按照我记忆中走进伊格尔顿夫人客厅时所看到的情景摆放照片。某样我看到而塞尔登没看到的东西。为什么单单是我，为什么他就不能看见？*因为只有你没有事先收到任何信息*，塞尔登曾对我说。也许它就像一幅时下已经非常流行的电脑三维立体图像，你注意力集中的时候看得很清楚，松懈的时候它只会逐步显现，转瞬即逝。我首先看到的是塞尔登，他沿着碎石小道朝我这边快步走来。这里当然没有他的照片，但我清楚地记得我们在门外的谈话，以及他向我问起伊格尔顿夫人的那一刻。我指给他看了门廊里的电动轮椅。所以那把轮椅他是见过的。他拧动门把手，门悄无声息地开了，我们一起走进客厅。接下来一切就模糊一些了。我记得钟摆的声音，但我不确定是不是看了一眼钟。

不管怎样，按照顺序，那张含有门、衣帽架和钟的照片是第一张。我相信，这也是凶手离开现场时所看到的最后一幕场面。我放下这幅照片，思考接下来应该是哪张。我们在发现伊格尔顿夫人之前，我是不是还看到了别的什么东西？我曾本能地看她是不是坐在那张她头一天接待我时坐着的那把带花的扶手椅上。我拿起那张菱形花纹地毯上两把扶手椅的照片。你只能看到她轮椅的把手在其中一把扶手椅后面露了出来。我在现场时注意到椅背后的轮椅了吗？不，我不能确定。真郁闷呐：突然间所有一切似乎都躲着我。

我记忆中唯一的焦点是伊格尔顿夫人瘫在贵妃榻上的身体和她张开的双眼。这一场景仿佛放着光，光芒强烈得将其他一切都置于阴影中。但是当我们走近时，我看到了拼字游戏的棋盘和她那一边的两个字母架。有一张照片就定格于小桌上的棋盘。照片是从距离很近的位置拍的，你都看得清所有棋盘上所有的单词。我和塞尔登讨论过棋盘上的单词，都觉得其中没反映出什么有意思的东西，而且怎么都不会和那个符号扯上关系。皮特森探长也觉得这些单词不重要。我们都认为符号是在凶杀发生前预谋好的，并非一时的灵感。我带着好奇，从各个角度看那两个字母架的照片。我肯定没见过这东西。其中一个字母架上只有一个字母，**A**。另一个上也只有两个：**R** 和 **O**。伊格尔顿夫人肯定快下完这盘棋了，她要用光袋子里的字母块，然后睡觉。我努力想用这剩下的几个字母能拼出棋盘上需要的什么英文单词，但好像没有，而且我想，如果有，伊格尔顿夫人肯定已经拼出来了。为什么之前我没看到字母架呢？我努力回想它们在桌子上的位置。它们在一个角落上，最靠近上次塞尔登拿着枕头站着的位置。我想，也许我必须找到我没见过的东西。我又翻看这些照片，想要发现其他曾被我忽视的细节，一直翻到最后一张，那是伊格尔顿夫人那没有生命但依然吓人的脸。我找不到别的什么我未曾注意的东西。因此肯定就是那三样东西：字母架，门厅里的钟和轮椅。

轮椅……那会是符号的解释吗？三角对应打击乐手，鱼对应克拉克，对应伊格尔顿夫人的是圆圈：也许是指她轮椅的轮子。“或者是‘沉默之誓’（omertà）里面的字母 **O**。”塞尔登曾说过的。是的，圆圈还可能是几乎任何一样东西但有意思的是刚好有一个 **O** 在字母架上。或者一点都没意思，这只是一个愚蠢的巧合？也许塞尔登已经看到字母架上的字母 **O**，因此他才会想到“沉默之誓”。我们去有盖集市的那天，塞尔登还说了些别的，他说他相信我会觉察到什么，因为我不是英国人。但是，非英国人看待事情的方式是怎样的呢？

我被有人试图从我房间门底下塞进一个信封的声音吓了一跳。开门一看，是贝丝。她赶紧直起身，两颊通红。她手里还有好几个信封。

“我以为你不在，”她说，“所以没敲门。”

我让她进来，并且拾起地上的信封。信封里面有一张卡片，上面画着爱丽丝和蛋形人[①]的图案，上面用凹凸字体印着：“诚邀您参加一场非婚礼聚会[②]。”

我好奇地冲她笑。

“这是因为我们还不能结婚，”贝丝说，“迈克尔的离婚手续真是旷日持久……但是不管怎样我们都想庆祝一下。”她看到我背后散在床上的照片。“你家人的照片吗？”

“不是，我还没有组成通常意义上的家庭。是警方在伊格尔顿夫人被杀那天拍的照片。”

---

① 英国数学家刘易斯·卡洛尔（Lewis Carroll，1832—1898）创作的英国儿童文学名著《爱丽丝漫游奇境记》和《爱丽丝镜中奇遇记》中的人物。

② 此处的插画、“非婚礼聚会”以及下文的“非生日聚会”均套用了刘易斯·卡洛尔《爱丽丝镜中奇遇记》中的典故。在故事中，爱丽丝碰到蛋形人，蛋形人给他看白棋国王和王后送给他的领带，说这是“非生日礼物”，即一年当中除了生日，天天都可以送的礼物。

我想，贝丝是地道的英国人，她的眼神同任何人一样具有代表性。而且她是最后一个在伊格尔顿生前见过的人，也许她能从中发现什么不寻常的东西。我招呼她走近，但是她面露恐惧的神色犹豫着。最后，她走上两步，快速扫视了照片，似乎不敢距离更近地看。

“为什么过了这么久他们才把照片给你？他们觉得还能从中找到什么呢？”

“他们想要找到第一个符号和伊格尔顿夫人之间有什么联系。也许你现在看看这些照片，能发现更多东西，一些不见了的或者被移动过位置的东西。”

“但是我已经跟皮特森探长说过了：我不可能记得我离开时每一样东西所在的确切位置。我下楼的时候，看到她已经睡着了，我走时都尽可能不发出声响，甚至都没再朝那里看。我已经经历过一遍这样的事了：那天下午，阿瑟叔叔来剧院通知我的时候，他们已经在楼上客厅等我了，尸体就在那里。”

仿佛是为了克服恐惧的心理，她拿起伊格尔顿夫人平躺在贵妃榻上的照片。“我当时唯一能告诉他们的，”她说，用一个手指敲着照片，“就是她腿上的毯子不见了。她从来都不会腿上不盖毯子就躺下，哪怕是天气最炎热的时候。她不想让人看到她脚上的伤疤。那天我们找遍了整个屋子也没找到毯子。”

“的确，”我说道，惊讶于我们居然忽略了这一点，“我每次见她都盖着那条毯子。为什么凶手要让她的伤疤露出来呢？还是因为他拿走毯子作纪念品？也许另外两起案子中他也拿了什么纪念品。”

“我不知道，我不想再回忆这件事情了，”贝丝一边说，一边朝门口走去，“这是一场噩梦……但愿一切都结束了。当我们看到贝尼托在音乐会上死去，而皮特森出现在舞台上时，我觉得我也要死在那里了。我当时只想到，他又想要用什么法子把事情怪罪到我的头上。”

“没有，他很快就排除了乐团成员是凶手的可能性。凶手只可能从背后爬上去袭击他。”

“算啦，随便他怎么想，”贝丝摇着头说，“我只希望快点抓到他，让一切都结束。”她一手搭在门把手上，转过身来对我说：“当然了，也欢迎你女朋友来参加聚会。是跟你一起打网球的那个姑娘，对吗？”

贝丝走后，我慢慢把照片收进信封。邀请卡已经摊开在床上。上面的插图实际上对应的是一个非生日的聚会，更准确地说，是三百六十四个非生日聚会中的一个，刘易斯·卡洛尔以此来揶揄我们。这位本质上的逻辑学家知道，每一句陈述，它本意之外的含义永远都比本意大得多。

毯子是一个小小的、令人不安的警告信号。在每一起案子里，我们有多少事情还没能看到？这也许就是塞尔登对我所寄托的希望：希望我能想出现在已经不在、但我们本该看见的东西。

我从抽屉里找出换洗的衣服准备冲澡，脑中仍然想着贝丝。电话响了。是洛尔娜：她今晚也有空。我便问她是否愿意和我们一起去看魔术表演。

“当然愿意了，”她说，“我可不想再错过跟你的任何一次外出。我会和你一起去，但是我相信，我们只会看到傻兔子们从礼帽中跑出来。”

21

我们到达剧院的时候，已经没有前排的票了，但塞尔登很绅士地主动和洛尔娜换了座位，坐到后面去了。舞台上一片黑，只能分辨出有一张桌子，上面只放了一大杯水，还有一把面朝观众的高背扶手椅。在稍后一些的地方，有十二把空椅子呈半圆形围着桌子摆放着。我们迟到了几分钟进场，入座时，灯光已经开始暗了下来。剧院笼罩在黑暗之中。黑暗的瞬间仿佛一秒都不到，聚光灯就打到舞台上，我们看到魔术师已经坐在扶手椅上，好像他一直都在那里似的，手像是帽檐一般拢在眉头，似乎在清点观众人数。

“灯光！多打些灯光！”他下令道，说着站起身来，绕过桌子，走到舞台边上，手依然放在眉头上，扫视观众。

一道手术灯一般强烈的灯光照亮了他佝偻的身影。我这才惊奇地发现他是独臂人。右臂从肩膀开始齐刷刷地不见了，就像从未有过。他再次威严地举起左臂。

“更多的灯光！”他重复道。他的嗓音低沉，有力，不带任何的口音。“我希望你们看清一切，这样就没人会说：‘这是利用烟雾和阴影的特效……’连我的皱纹你们都能看到。我的七道皱纹。是的，我很老了，对吧？老得不可思议吧。但是，我也曾是八岁的孩子，也有过两只手，就像你们所有人一样，而且我想学魔术。‘不要，您不要教我花招，’我对师傅说。因为我要当魔术师，不要学花招。但是我那几乎像我现在这么老的师傅说：第一步就得知道花招。”

他张开手指，如折扇般在面前展开："我可以告诉你们，因为这没有关系，我的手指非常灵巧，行动极快。我天赋很高，很快我就在全国巡演，一个小魔术师，几乎就是马戏团里的台柱。但十岁那年，我遭遇一场事故。也许不是事故。反正当我醒来，发现自己正躺在医院病床上，只剩下了左手。这就是我，一心想当魔术师的人，这也是我，本来习惯用右手的人。当我的父母哭泣时，我那年迈的师傅只对我说：'这是第二步，也许，也许哪一天你就会成为魔术师。'师傅死了，没人告诉我第三步是什么。从那时起，每次我登上舞台，都会问自己那一天是否已经到来。也许这事只有你们观众说了算。因此，我总是要灯光，请你们上舞台来，来亲眼看看。这边走。"他让第一排半数观众一个个走上舞台，坐在他周围的空椅子上。"再近一点，靠近点，我要你们盯着我的手，不要感到惊讶，因为请记住，今天我在这里不想玩花招。"

他把手掌在桌上摊开，拇指和食指间托着一个白的东西，小小的，从我们的位置看不到是什么。

"我的祖国人称'世界粮仓'。'别走，儿子，'我妈妈对我说，'在这儿你绝不会没面包吃。'可我还是走了，但无论走到哪里，随身总是带着这一小块面包。"他又伸出手，手指间夹着面包晃了几下，好让我们都看得清，然后把它轻轻放在桌子上。他将手掌支在上面做圆周运动，似乎要揉捏它。"面包屑的踪迹真奇怪啊。鸟儿晚上把它们叼走，我们从此再也不能沿着面包屑的踪迹回去。'回来吧，儿子，'母亲对我说，'这里不会没有面包吃。'但我已经回不去了。这些面包屑的踪迹真奇怪！你能沿着它们的踪迹走，但是再也不能回头。"他的手在桌上催眠般地转动。"因此，我没有把所有的面包屑都撒在路上。不论到哪里，我都随身带着……"他举起手，我们看到此时他拿着一个形状完美的小面包卷，尖尖的两端从手掌中鼓出来，“……一块面包。”

他转过身，给台上第一个观众看。

“别怕，拿一点，”他的手就像时钟的指针一样移到第二个人，再摊开，给他看圆圆的、完好的面包头，“你可以掰更大一块。来吧，拿一点。”他让场上每个人都掰了一块面包。

“好了。”一圈走完，他若有所思地说，同时展开手掌，他手上还是那个完整的小面包卷。他伸直手指，然后慢慢握起拳头。再次张开时，剩下的就只是开头那一小块面包了，他用拇指和食指捏着给我们看。“所以千万不要把面包屑都洒在路上。”

他站起身，迎接第一拨掌声，并站在舞台边向刚才上台的十二名观众致意告别。我和洛尔娜在第二批上台的观众里。我坐在他的侧面，能看到他有一个鹰钩鼻，胡子浓黑，跟染过似的。干枯、花白的头发紧紧贴着脑袋。但最吸引我注意的是他的手，又大又瘦，手背上还有几块红黑斑。他顺手抄起玻璃杯，在继续表演前喝了一口水。

“我喜欢把接下来这个节目叫做慢动作。”他说着，从口袋里掏出一副牌，用仅剩的那只手出神入化地洗牌。“我师傅常常对我说，花招不能重复第二遍。但我不想表演花招，我要表演魔术。魔术的一个动作可以重复吗？这里只有六张牌，”他说，并将六张牌一张张分开，“三张红的，三张黑的。红的和黑的，黑的代表夜晚，红的代表生命。谁能主宰颜色？谁能给它们排序？”他用大拇指一捻，所有牌一张张面朝上被抛到桌上：“红的，黑的，红的，黑的，红的，黑的。”牌已经按颜色间隔排成一列。

“现在，请你们看好我的手：我想要慢慢地来。”他伸手抄起牌，牌的顺序不变。“谁能给它们排序？”他又说道，同样一捻，又将牌抛在桌上，“红的，红的，红的，黑的，黑的，黑的。已经慢得不能再慢了。”他说着，收起了牌。“也许……也许还可以做得更慢些，”他又一次将牌按颜色间隔慢慢地抛下，“红的，黑的，红的，黑的，红的，黑的。”他转过身面向我们，让我们看清他的动作。接着他像螃蟹一般慢慢地伸出手，小心地用指尖碰了碰第一张牌。他将它们极为轻柔地收起，当他把牌再次抛到桌上时，牌又按照颜色分开了：“红的，红的，红的，黑的，黑的，黑的。”

“但是这个年轻人，”他说着，突然盯着我，“还是持怀疑态度：也许他读过某本魔术手册，认为窍门在于我玩花招的方式，或者利用了滑动效果。是的，这样他可能也会做……我有两只手的时候也这么做过。但我现在只有一只手。也许哪天我一只手都没了。”他将牌再次一张张摊在桌上。“红的，黑的，红的，黑的，红的，黑的，”他看着我，吩咐道，“请您把它们收起来。现在，我不碰它们，您把它们一张张翻过来。”我照办了，可当我把牌翻开时，它们好像服从他的意志一样：“红的，红的，红的，黑的，黑的，黑的。”

当我们回到座位，掌声仍经久未息，我明白了为什么塞尔登一定要我来看表演了。接下来的每一个节目都像这两个一样，出奇的简单，同时又出奇的干脆利落，似乎这位老魔术师已臻化境，已不需要用手。并且他似乎也以将行业规则一条条打破为乐。他一直在重复花招，在整场表演中也一直有人坐在他背后，他还透露了历史上其他一些魔术师在表演跟他相同的魔术时所使用的窍门。有一刻我转过身，看到塞尔登已完全沉浸其中着了迷，满怀崇敬和快乐，就像一遍又一遍不知疲倦地看同一个奇迹的小孩。我想起他对我说起宁可相信在第三起谋杀案是幽灵干的假设时那股严肃劲儿，心想他是真的相信有幽灵这码事了。但无论怎样，都无法不为这位魔术师所折服：每个节目的技巧都极其简单，而唯一的解释又永远是那样不可思议。表演中间没有休息，他突然就宣布接下来是本场最后一个节目了。

“你们肯定好奇，”他说，“为什么这么大一杯子水而我只喝了一小口。这里的水还足够让一条鱼在里面畅游。”他抽出一条红丝帕，缓缓地擦着玻璃。“也许，”他说，“如果我们能擦干净玻璃，并想象里面有五彩小石头，也许，就像普莱维尔[①]诗歌中的笼子那样，我们也能抓到一条鱼。”他挪开手帕，我们看到果真有一条金鱼贴着玻璃壁在游弋，杯底还有一些彩色的小石子。

“你们知道，从我们最古老的祖先——毕达哥拉斯派的魔术师——遭到那场大火[②]开始，我们一代代魔术师就遭到残酷迫害。是的，数学和魔术系出同根，而且很长时间以来保守着同一个秘密。在彼得与“行邪术的西门”[③]的斗争之后，也就是魔术被基督教正式禁止之时，我们魔术师所遭受的迫害最惨烈。他们害怕其他人也可能把面包和鱼成倍增长。也就是在那时，魔术师们确定了沿用至今的生存之道：他们编写了手册解释最明显的花招，并在人群中散发。他们在表演中加入了傻乎乎的盒子和镜子。渐渐地，他们使每个人都相信，每个魔术动作背后都有花招，他们沦为光说不练的

---

① 雅克·普莱维尔（Jacques Prévert，1900—1977），法国诗人。他有一首著名诗歌《一只鸟的画像》，讲述画家画了一个笼子放在树上，等鸟飞来进入笼子，再用画笔关上门。

② 公元前五一〇年，毕达哥拉斯学派居住的克罗敦附近的锡巴里斯城发生叛乱，反叛胜利者特里斯对前政权支持者大肆迫害，致使大量难民逃到克罗敦。特里斯率军围攻克罗敦，被赞助毕达哥拉斯的克罗敦领导人米洛击退。但是克罗敦民众不满于毕达哥拉斯学派神秘森严的门规，在曾经被学派拒绝加入的西隆煽动下，纵火烧了米洛的家和毕达哥拉斯的学校，毕达哥拉斯和他的许多信徒被杀。

③《圣经·新约·使徒行传》第 8 章记载，西门向来在撒玛利亚城里行邪术，妄自尊大，使百姓惊奇。后来西门听说使徒彼得有权柄可降圣灵，便拿钱去向彼得贿赂得到权柄，被彼得揭穿并严词批评。

魔术师，跟低俗的巫师没什么区别，这样，他们就能继续秘密地按照他们的方式，在那些迫害者的鼻子底下使面包和鱼成倍增长。

“是的，最微妙、最耐用的花招就是让所有人都相信魔法不存在。我自己也是最近才用这块手帕的。但是对于真正的魔术师来说，手帕遮盖的不是花招，而是一个更为古老的秘密。因此请你们记住，”他说道，带着一丝调皮的笑容，“请你们永远记住：魔法是不存在的。”他打了个响指，另一条金鱼跳进了水里。“魔法是不存在的。”他又打了个响指，第三条鱼跳进了玻璃杯。他用手帕盖住玻璃杯，当他将手帕再拿开时，杯子里的石头没了，鱼和杯子也都没了。“魔法……是不存在的。”

22

我们一起去了“老鹰和小孩”酒吧。塞尔登和洛尔娜取笑我一杯啤酒喝了那么长时间。

“*不能喝得更慢了……也许可以，也许可以喝得更慢。*”洛尔娜模仿着魔术师低沉的、有点嘶哑的嗓音说道。

演出结束后，我们在拉万德的化妆室待了几分钟，但塞尔登最终没能说服他跟我们一起来。“哦对，这是那位年轻的怀疑者。”当塞尔登向他介绍我时，他有些心不在焉地说道，接着当他得知我跟他一样是阿根廷人，便用一种听起来好久没有用过的西班牙语对我说：“魔法得以被很好地保护要归功于怀疑者。”他很疲惫，又用英语对我们说。他的表演时间越来越短，但骗不了他这把老骨头。“我离开牛津前咱俩得再谈谈，”他对门口的塞尔登说，“希望你在我借给你的书里能就你问我的问题找到什么。”

“你问了魔术师什么问题？他跟你说的是什么书？”洛尔娜满怀希望地问道。

啤酒似乎在她身上产生了一种恢复同志情谊的效果，我在她和塞尔登碰杯时脸上的笑容中就已经察觉到了，我还想知道他们的友谊到底有多深。

“我把打击乐手之死的情况告诉他了，”塞尔登说，“是我在回想起克拉福德夫人之死的样子时脑中一时闪现的念头。”

“啊，是啊，”洛尔娜激动地说，“心灵感应师的那个案子。”

“那是皮特森调查的最有名的案件之一，”塞尔登转向我说，

“克拉福德夫人之死是这样的，她是个老富婆，领导着当地一个招魂术团体。那年世界象棋冠军赛资格赛在牛津举行。一个印度的心灵感应师来到牛津，于是克拉福德夫妇就在他们的府邸组织了一个私人晚会，要进行一场远程心灵感应的试验。克拉福德夫妇家在夏镇，离你住的地方很近。心灵感应师待在福利桥，是在城的另一头。这个距离就是要创造某种记录。克拉福德夫人欣然提出当试验的第一个志愿者。经过一番隆重的仪式，印度心理感应师为她戴上一个头盔，让她坐在起居室中央，然后他离开房子到桥那里去。到了指定的时刻，所有的灯都被熄灭。头盔是带荧光的，在黑暗中闪着光芒，观众能看到克拉福德夫人的脸处在神秘的光环之中。三十秒钟过去了，突然间就听到一声恐怖的尖叫声，紧跟着一阵如同煎鸡蛋发出的嗞嗞声。克拉德福先生再打开灯，发现老夫人已经死在了椅子上，头颅已完全烧焦，就像被雷电击中了一样。

作为嫌疑人，可怜的印度人被投进牢里，直到他最终澄清说那个头盔是完全无害的，只是一块布料上涂了荧光颜料，旨在营造出一种特殊效果，才算过关。他和其他人一样疑惑不解：他在许多国家，在各种天气情况下都表演过远程心灵感应，而那天的天气又特别晴朗。皮特森立刻把克拉福德先生看做怀疑对象。众所周知，他和一位比他年轻许多的女子有染，但是除此以外并没有什么证据来控告他，而且也很难想象他是怎么做到的。皮特森指控他只是基于一个原因：那天克拉福德夫人戴了被她称为‘盛装假发’的头饰，内含一个金属丝的小网。所有人都看到就在熄灯前，丈夫深情地吻了妻子。皮特森认为就是在那一刻他将一根电线接到了假发上想要电死她，后来又借口帮助她的时候把电线拿开。这并非不可能，但是正如在之后的审判过程中所证实的那样，这么做是相当困难的。

克拉福德的律师则持相反的不同解释，这个解释很简单，但说得很精彩：如果你看一下地图，你会看到在夏镇和福利桥的中间刚好是正在举行象棋冠军赛预选赛的剧场。就在死亡发生的时刻，差不多有一百位棋手正聚精会神地在棋盘上厮杀。辩方坚持认为由心灵感应师释放出来的脑能量在穿越剧场时，因加上了棋局间汇聚的能量而突然增强了，因而像龙卷风一般袭击了夏镇……总之；这就能解释为什么一开始只是一阵无害的脑波，结果却产生了闪电般的力量而电死了克拉福德夫人。对克拉福德的审判将牛津分成了两大阵营。辩方将大群大群自称能洞察别人思想的人和号称超自然现象专家传召到法庭上作证，可以想象，他们用常见的伪科学术语，搬出种种荒唐的解释来支持律师辩护的理论。奇怪的是，这种理论越疯狂，陪审团以及全城居民，似乎越容易相信。

当时我刚刚开始关于推理美学的研究，并且对于某个诱人的念头所能具备的说服力深深着迷。也许可以这么说，的确，陪审团是由那些未必经过科学思维训练的人组成的，他们更习惯于相信星座、《易经》或者塔罗牌，而不是去怀疑灵学大师或者心灵感应师。但有趣的是，全城的人都接受律师的这个想法，愿意相信它，而且这并非由于非理性主义，而是依赖于所谓科学理由的。在某种程度上这是一场在合理范畴内的战斗，而关于棋手的说法，比起在假发上通电线的说法来显得更诱人，或者用画家的话说，就是更有创造力。

正当一切似乎都在朝克拉福德有利的方向发展时，《牛津时报》刊登了一封女读者的来信，她叫洛尔娜·克莱格，是个超级侦探小说迷，塞尔登说着将他的酒杯朝洛尔娜的方向指去：两人都笑了，似乎分享了一个老笑话。“来信只是指出在过去某期《艾勒里·奎恩》[①]杂志上有个短篇小说也写到了一起相似的死亡，也是通过远程心灵感应，唯一的区别就是，脑波穿过的是正在罚点球时的足球场，而不是一个棋手大厅。滑稽的是，现在克拉福德的律师提出来的这种脑力风暴理论，在小说中是被当真的，就是死亡事件的答案。但是人性是多么善变啊：当人们知道克拉福德有可能只是模仿这种做法时，所有人就都站到了他的对立面。他的律师竭力向陪审团证明克拉福德并不怎么读书，不可能读过这个短篇小说。但这没用。那个说法，由于是重复别的案例，现在已经失去了部分吸引力而显得很荒唐，好像是某种只有作家才想得出来的事情。这个陪审团——用康德的话说，是一个由可能犯错误的人组成的陪审团——最后判决克拉福德有罪，尽管并没有找到能证明他有罪的其他证据。法庭判了他终身监禁。这样说吧：整个审判过程中唯一一件呈堂证据，就是那个可怜的克拉福德从未读过的幻想短篇小说。”

“可怜的克拉福德炸焦了他的妻子！”洛尔娜感叹道。

“你看到了，”塞尔登笑着说，“有些人就是确信他有罪而不需要任何证据。不管怎样，音乐会那晚我又想起了这个案子。你应该还记得，那个乐手的窒息是在乐团刚进入高潮的时候发生的：于是，我就问拉万德远程催眠能产生什么样的效果。他把一本关于催眠术的书跟演出门票一起给了我，但我还没时间看。”

一名女服务员走来为我们点单，洛尔娜说我应该尝尝鱼和薯片，然后便起身去洗手间。等塞尔登点完东西，女服务员走开后，

① 《艾勒里·奎恩》(Ellery Queen's Mystery Magazine)，由美国著名推理小说家艾勒里·奎恩创办的重要推理小说杂志。

我将装照片的信封还给了他。

“你能想起点什么吗？”塞尔登问，见我面带迟疑，他便说，“这很难，是吗？回到最初，好比你什么都不知道。把后面发生的事情都从脑袋中清空。你看到什么以前没注意到的东西了吗？”

“只有这个：我们发现伊格尔顿夫人的尸体时，她的腿上没有盖毯子。”我说。

塞尔登朝后靠到椅子里，一手撑着下巴。

“这个……看来有点意思，”他说，“对了，你既然提起来，我倒是清楚地记得，她腿上总是盖着一块格子呢毯子，至少出门的时候是这样。”

“贝丝确定她两点下楼的时候她奶奶还盖着那块毯子。警方找遍整个屋子也没找到毯子。皮特森探长连提都没跟我们提。”我气呼呼地说。

“嗯，”塞尔登略带嘲讽地说，“他是负责这个案子的探长嘛，也许他觉得没必要向我们汇报每一个细节。”

我不由地笑了。

“但我们知道的比他多。”我说。

“那也得从我们熟悉毕达哥拉斯定理的角度，才可以这么说。”

他的脸色阴沉下来，似乎这话突然让他想起最害怕的什么事情。他朝我侧过身，压低声音悄悄说：

“他女儿告诉我说他晚上失眠，有好几次她大清早看到他还醒着，还在努力阅读数学方面的书籍。今天早上他又给我打电话。我觉得，他跟我一样担心星期四太迟了。”

“但后天就是星期四了。”我说。

“后天……”塞尔登重复道，想给这个西班牙语的表达方式赋予意义。"明天之后的那天。问题是，明天可不是寻常日子。这正是皮特森打电话来的原因。他要派些手下去剑桥。"

"明天剑桥有什么事?"洛尔娜回来了，她又带了三杯啤酒过来，分放在桌上。

"我怕都是因为我借给皮特森的那本书惹的祸，书上对费马大定理的故事作了颇为奇特的叙述。这是数学史上最古老的未解之谜，"他对洛尔娜说，"三百多年来，数学家们一直孜孜不倦力求攻克它，明天在剑桥大学，他们可能会有史以来第一次证明它。那本书追溯了对毕达哥拉斯三元组猜想的起源，这是那场大火之前，他们最早的秘密之一，正如拉万德所说，当时魔术尚与数学紧密相联。毕达哥拉斯学派认为数字的属性和彼此间的关系是某种神的密码，不应当在学派之外传播。他们可以传播毕达哥拉斯定理，但这是为了日常生活之用，而决不能泄漏如何证明定理，正如魔术师立誓不泄漏魔术窍门一样。违反这一规矩的人要面临处死的危险。

我借给皮特森探长的那本书称费马本人从属于一个不像毕达哥拉斯学派那样门规森严、时代更近的组织。他在那本丢番图[①]《算术》的页边空白处写下的著名笔记中宣称，他能证明这个假设，但书上空白太少，写不下了。可是他去世后，人们在他留下的档案中怎么也找不到他任何证明费马定理的材料。我估计引起皮特森警觉的，是围绕着这个定理的历史而发生的一些离奇死亡事件。三百多年中当然死了很多人，包括那些快要找到定理证明方法的人。但那本书的作者很狡猾，他把其中一些人的死写得好像真的很可疑一样，比如说，二十世纪五十年代末，谷山丰的自杀以及他给未婚妻

① 丢番图（Diophantus），公元三世纪希腊数学家，人称"代数之父"，著有《算术》。

的奇怪遗言。[①]”

“照这么说来，那些谋杀案是……”

“一个警告。”塞尔登说。“给数学界的一个警告。我已经同皮特森说过，我认为那本书中所阐述的阴谋，基本上是想象力丰富的一派胡言。但有件事很令我担心：过去七年里，安德鲁·怀尔斯一直在做一个绝密的研究工作。没有人知道他会拿出什么证据证明费马最后定理。他从不让我看他的任何资料。如果在他做报告之前他发生了什么事，而他的资料也消失的话，那恐怕又要过三百年才会有人来重复这一论证。这就是为什么皮特森派人去剑桥大学的原因，虽然与我的想法不一样，但仍不失为好主意。如果安德鲁遭遇什么不测，”他说着，脸色再次暗下来，“我绝不会原谅我自己。”

① 谷山丰和志村五郎是东京大学两名年轻数学教师，因为在图书馆借阅同一本数学专著而相识，开始共同研究一些数论问题，于一九五七年出版了合著《现代数论》。但是在谷山丰准备婚礼前一周，一九五八年十一月十七日，他在自己公寓中自杀，留下的遗言第一段写道：“直到昨天，我自己还没有明确的自杀意图。但一定有些人已经注意到，近一段时日以来，无论在身体上还是精神上我都感到很疲倦。至于我自杀的原因，尽管我也不了解我自己，但这绝非由于某件特殊的事情，或者某个特定的原因。我只能说，我被对未来的绝望所困住。或许有人会因为我的自杀而苦恼，甚至受到某种程度的打击。我由衷地希望这件事不会为他们的将来带来阴影。但无论怎样，这实际上都是一种背叛。我请求你们原谅，将这作为我最后一次以我自己的方式来行事。毕竟终其一生，我都在以我自己的方式行事。”两个月后，他的未婚妻也结束了自己的生命，遗书中写道：“既然他去了，我也必须和他在一起。”另参见第 112 页注②。

23

六月二十三日星期三，我一觉睡到中午时分。从洛尔娜的小厨房里传来咖啡和刚出炉的华夫饼干的香味，简直是天堂里的味道。洛尔娜的猫“托马斯爵士”已经把一部分床单扯到地板上，正在床脚边躺在上面打滚。我绕过它，走进厨房里吻了洛尔娜。报纸摊在桌上，趁着洛尔娜倒咖啡的工夫，我快速地浏览了一下新闻。带有神秘符号的连环谋杀案——《牛津时报》以毫不掩饰的地方自豪感报道——业已成为伦敦主流报纸的头版头条。他们在头版上复述了昨天的全国性大报几条标题。但就这点内容，显然案子没什么新的进展。

我在其他版面上寻找有关剑桥研讨会的消息。只找到一条简讯，标题叫“数学家的《白鲸》”，其中列举了多年来在证明费马最后定理的道路上失败的人。该文还提到在牛津剑桥圈内，还有人对今天下午三场演讲中最后一场的结果下赌注了，目前的赔率是六比一，赌怀尔斯失败。

洛尔娜已经预订了下午一点的网球场。我们从康利夫街路过去取我的球拍，之后我们打了很长时间都没有人来打扰，我们心无旁骛地关注着球在网前网后的一来一回，在这一小片长方形场地上忘了时间的流逝。离开网球场时，我看了一眼网球会所的钟，发现已经快三点了，我问洛尔娜能否在回去路上在数学研究所稍停片刻。研究所楼里空无一人，上楼梯时，我不得不边走边开灯。走进电脑房，那里也空荡荡的，我打开我的电子邮箱。里面有封短信，好像是正在向全世界数学家散布的密码：怀尔斯成功了！信里没有具体讲详细情况；只是说证明过程已经令其他专家信服，而且如果要把这个过程写完，恐怕得有两百页长。

“有什么好消息吗？”我回到车上时，洛尔娜问。

我把消息告诉了她，我想从我充满崇敬的语调里，她已经觉察到了那种已占据我内心的对于数学家的奇怪而矛盾的骄傲感。

“也许你更情愿今天下午是在那里，”她说，然后笑了，“那我能做点什么补偿你呢？”

在下午剩下的时间里，我们像一对快乐的兔子般一直在做爱。七点钟天色渐暗的时候，我们紧挨着躺着，陷入筋疲力尽的沉默中，电话在离我很近的地方响起。洛尔娜从床上探过我的身体去接电话，脸上浮现紧张的神情，然后是恐惧不安。她示意我打开电视，然后一边用下巴夹着听筒，一边穿衣服。

“从外地来牛津的路上发生一起交通事故，该路段被称为‘三角盲区’。一辆大客车翻下桥的一侧，倒在河岸边。他们正在等几辆救护车送伤员来雷德克利弗。他们让我去放射科。”

我换了几个台直到找到本地新闻台。一名女记者被摄像机镜头跟着，边说边靠近一座被损坏的桥。我按了遥控器上的两三个钮，但没调出声音。

“声音控制坏了。”洛尔娜说。她已收拾停当，正在衣柜里找她的护士服。

“塞尔登和全体数学家今天下午坐公车从剑桥回来，”我说，“事故发生在哪个入口？”

洛尔娜转过身，似乎被某种不祥的想法吓呆了，她走回到我身边。

“我的上帝，如果他们从那里过来的话，必定要过那座桥。”

我们带着一种焦虑感盯着电视屏幕。有一个镜头展示了现场桥旁的玻璃碎片和防护栏被撞断的地方。顺着女记者探出身去指出的方向，我们看到被摄像机长焦镜头放大了的大客车，它已经变成了一堆烂铁。摄像机摇晃着跟拍女记者设法走下陡坡。在大客车最早触地的位置，一部分底盘脱落了。摄像机的镜头对着底盘拉得更近了，我们看到一队救护车从下面开上来展开救援工作。有一个无声的特写镜头拍摄的是令人揪心的破碎车窗，接着是一块橘黄色的车厢残片，上面有一个我不认识的徽章图案。洛尔娜抓紧了我的胳膊。

“这是一辆校车，”她说，“我的上帝啊，里面有孩子！你觉得……”她低声说，整句话都没法说完。她带着恐惧的表情看着我，仿佛我们正无心玩着的一场游戏突然间变成了噩梦般的现实。“我得马上去医院，”她说着，很快地吻了我一下，“你走的时候把门关上就行了。”

我注视着屏幕上催眠般持续的画面。摄像机已绕过汽车并聚焦在一扇车窗上，那里聚集着救援人员。很明显，其中一个人已经成功进入车厢，正努力将一个孩子拉出来。先出现的是两条细瘦赤裸的腿，摇摇晃晃的，显然关节已经脱臼，一排手臂像担架一样托住他的双腿。这孩子穿着一条运动短裤，一侧已染上血迹，还有一双亮白色的运动鞋。当他的上身露出一半时，我看到他穿着比赛用的无袖汗衫，胸口有一个巨大的号码。镜头再次对准车窗。一双大手正从下面小心地托着男孩的脑袋。这两只手腕在往下滴血，似乎血是从男孩的脑后流出来的。镜头给了男孩的脸一个特写，我惊讶地发现，在长长的、凌乱的金色刘海下面，分明是一张长着唐氏综合症特征的脸。在他身后第一次露出了那个进入车厢的男人的脸。他嘴巴张着绝望地重复几句话，同时用两只血淋淋的手示意车里面已经没人了。

摄像机继续追踪着人群将最后这个男孩从车后运出的过程。有人拦住了摄像师，即便如此，有一瞬间还是能看到一长排的担架上排满了盖着白布的尸体。镜头切回到演播室。画面上出现了一群男孩比赛前的照片。他们是一所唐氏综合症患儿专门学校的篮球队，是从剑桥的一场校际比赛上回来。五名首发，五名替补。屏幕下方迅速列出了他们的名字，并说明这十个人已经死亡。接着屏幕上出现了另一张照片：一个年轻男人的脸，我隐隐觉得有些脸熟，但出现在照片下面的名字——拉尔夫·约翰逊——我没什么印象。他是校车司机，很显然，在撞车前他就跳出了车外，但在快要到医院的路上也死了。这张脸从屏幕上消失了，取而代之的是一长串历年来发生在同一路段的诸多惨剧清单。

我关了电视，躺下来拿一个枕头蒙住眼睛，努力回想曾在哪里见过那个司机的脸。那张照片无疑还是几年以前拍的。很短的鬈发，瘦削的颧骨，深陷的眼睛……我以前见过他，是的，但不是以司机的身份，而是在另一个地方……哪里呢？我恼怒地从床上坐起身，冲了一个长长的澡，在脑海中一张张回放从我来到这个城市第一天起见过的脸。我一边穿衣服，一边回房间穿鞋，同时尽力地重组屏幕上的那张脸。密密的发卷，狂热的表情……是的，我坐在床上，被这个意外发现以及它引起的不同含义所震惊。但我相信我是对的。毕竟我在牛津认识的人并不多。我给医院打了电话，让他们帮我接洛尔娜。我听到她在另一头的声音，就不自觉地压低嗓门。

“那个校车司机……是凯特琳的父亲，对吗？”

“是。”她停顿了一会儿说，我发现她也压低了声音。

“情况是像我想的那样吗？”我说。

“我不知道，我本不想说什么。其中有个肺是相匹配的。凯特琳刚被送进手术室：他们认为她还有救。”

24

“最初几小时，我觉得是出了什么差错，”皮特森说，“我原本以为真正的目标是你们这些数学家坐的大客车，跟那辆相距不远。我想你们其中有些人也看到那辆车子翻下河岸了，是吧？”他问塞尔登。

我们坐在小克拉仁登街的法国咖啡馆里。是皮特森把我们约到这里，而不是他的办公室。我不知道他是想道歉，还是为什么事向我们道谢。他穿了一套很庄重的黑色西装，我想起今天上午特别为那些死难的孩子举行了一个葬礼。这是塞尔登从剑桥回来后我第一次见他。他的表情凝重静默，探长不得不重复了一遍问题。

“是的，我们看到车撞上了防护栏，然后翻下了桥。我们的车立刻停了下来，有人给雷德克利弗医院打了电话。还有人认为他们听到了斜坡下传来的叫声。奇怪的是，”塞尔登说，像是在复述一个噩梦，“当我们探身往下看时，已经有两辆救护车停在那里了。”

“那些救护车在那里，是因为这次的留言是在案发前，而不是案发后收到的。这也是引起我注意的第一点。而且不像前几次那样是针对你的，而是直接送到了医院的急救中心。救护车上路的同时他们就通知了我。”

“留言说什么了？”我问。

“‘序列第四项是由十个点组成的四元体。三角盲区上的十个点。’是用电话宣布的，所幸这个电话被录下来了。我们还有他声音的其他录音，尽管他试图变声掩饰自己，但无疑就是他。他从哪儿打来电话我们都知道：是剑桥郊外一个加油站的投币电话，他可能在那儿停车加油。我们在那儿找到了第一个令人深思的细节，是塞克斯在检查收据时发现的：他只加了一点点汽油，比从牛津出发时加的少得多。在对出事的客车做了检查之后，我们确定客车的油箱几乎已经空了。”

“他不想让大客车在撞击地面后起火。”塞尔登说，似乎不太情愿地赞同这个无可挑剔的推论。

“对，”皮特森说，“根据以前的思路，我一开始以为他提前通知也许是因为他下意识地希望我们阻止他，或者这也许就是他游戏的一部分——他要给我们设置一个障碍。但他实际想要的是那些孩子的身体而不是让客车燃烧，并且确保救护车就在旁边，能够尽快把器官送往医院。他知道有了十具身体，器官移植就很有可能匹配成功。我觉得从某种程度上，他成功了：等我们察觉，为时已晚。移植手术几乎是立刻进行的，就在当天下午，他们一征得第一对父母的同意就动手术了。他们对我说，那个女孩能活下来。

“事实上，我们是从昨天才开始对这位父亲产生怀疑的，在例行检查中，我们发现他也在布兰尼姆宫音乐会参加者名单上。他送学校里的另一群孩子去听音乐会，他应该在停车场等他们。他处在一个绝好位置，可以从后侧绕到舞台，闷死打击乐手，然后趁乱立即回到停车场而不被人看到。在雷德克利弗医院，他们向我们证实说他认识伊格尔顿夫人：有个护士说见过他跟她说过两三次话。我们也知道伊格尔顿夫人曾经在等候室带着你那本谈逻辑序列的书。她肯定告诉过他你是她朋友，但没料到此举使她变成了第一个受害者。总之，我们在他的藏书里找到了一本关于斯巴达人的书，一本关于毕达哥拉斯和古代移植术的书，还有一本关于唐氏综合症患儿身体发育的书：他要保证他们的肺能派上用场。”

“那克拉克那起案子他是怎么办到的呢？”

“现在我还不能肯定，但我想约翰逊并没有杀克拉克。他只是盯着二楼的动静直到看到有具尸体从病房里运出来，他知道那是塞尔登经常探视的病房。尸体都停放在同一层楼一个小房间里，有时候那儿一连几个小时都没有人看守。他所做的就是溜进去，将一支空的注射器针头扎进克拉克的胳膊，留下一个针眼，伪装成一起谋杀案。通过这种方式，他的确是尽量将伤害减少到了最小程度。为了搞清楚他的思路，我们还得从最后开始。我的意思是，从那帮患唐氏综合症的孩子开始。也许他在为女儿向别人第二次请求捐肺遭拒后，开始朝这个方向动脑筋了。当时他还在上班，每天早上开大客车送唐氏综合症患儿上学。他开始想到，这些孩子就是一个健康肺的宝库，他每天都把他们放走，可自己的女儿快死了。

“重复滋长欲望，欲望催生执念。也许他最初只想杀一个孩子，但是他知道要找到一个匹配的肺并不那么容易。他也知道这所学校里许多孩子的父母都是虔诚的天主教徒。对于有这种孩子的父母来说，信仰宗教是很普遍的。有些人甚至认为他们的孩子是天使。他不能随便挑一个而再冒被拒绝捐肺的危险，也不能随便开车掉下悬崖，因为孩子的父母可能很快就会起疑心，谁都不会把肺捐出来。众所周知，拉尔夫·约翰逊为了救他女儿什么事都肯干，并且在他女儿入院不久，他曾咨询过如果他以自杀的方式把自己的肺捐给女儿是否合法。他需要有人替他杀了那些孩子。

“这就是进退两难的地方。直到他通过伊格尔顿夫人介绍或者报纸的连载，看了你书中关于连环谋杀的那一章。他受到了启发。他制定了一个计划，很简单。如果他找不到人帮他杀死这些孩子，他就制造一个凶手出来。一个可以愚弄每个人的、虚拟的连环杀手。他很可能读过关于毕达哥拉斯学派的书，所以很容易想到用一个符号的序列，让人以为制造连环谋杀案是为了向数学家挑战。不过，第二个符号鱼可能还有另外一层个人的含义：那是早期基督教的符号。他可能以此来表示这是宗教报复。我们也知道他对四元体很着迷，他在几乎所有藏书的页边都画了这个符号，也许是因为这个符号对应数字十，是一支完整的篮球队，也就是他想要杀掉的孩子人数。

“他选择伊格尔顿夫人来开始这个序列是因为他很难再想到一个比她更容易得手的受害者：一个老太太，残疾，每天下午都独自在家。毕竟他不想一开始就令警察警觉。这是他计划的关键因素。开始的几起谋杀案要做得谨慎一些，不易被察觉，这样我们就不会马上注意到他，他就有时间做到第四起。他只需要一个人知道就行了：那就是你。虽然他在第一起案子中就出了点小岔子，但不管怎样，他都比我们聪明，并且没再出错。所以，从他的角度来说，他赢了。很奇怪，我无法令自己谴责他。我也有一个女儿。你永远也不会知道为了孩子，你愿意付出多少代价。”

“你认为他曾计划逃命吗？”塞尔登问。

“这个我们就无从得知了，”皮特森说，“但是我们在检查大客车时发现，方向盘被做了手脚。从理论上，也许这可以为他开脱罪责。另一方面，他本来可以更早跳出车。我认为他是想尽可能长地待在方向盘旁边，以确保大客车翻下斜坡。他直到车子撞开防护栏后才跳了车。他们发现他的时候，他已经不省人事，在去医院的路上就死在救护车里。”皮特森探长看了一下手表，叫来服务员。“好了，我不想参加葬礼迟到。我只想说，非常感谢你们所提供的帮助，”他第一次对塞尔登露出了无所保留的微笑，“我尽我所能读了你借给我的书，但是数学真不是我的强项。”

我们和他一起站起身，目送着他朝圣吉尔斯街上的教堂方向远去，那里已经聚集了一大群人。有几个女人披着黑纱，另外一些得有人搀扶着才能走上教堂前的台阶。

“你要回研究所吗？”塞尔登问我。

“是的，”我说，“事实上我现在一点时间都耽误不起了：我今天必须把奖学金报告做完然后寄出去。你呢？”

“我？”他朝教堂的方向看了一眼，过了一会儿，显得非常孤单，而且令我奇怪的是，他还显得很无助。“我想我会在这儿等到葬礼结束；我想跟着送葬的队伍去墓地。”

25

在接下来的几个小时里，我像个疲惫不堪的跨栏选手，磕磕绊绊地填写着报告里那一连串荒唐的选项。下午四点，我终于把文件都打印了出来，然后把所有材料装进一只大大的黄褐色信封。我下楼来到秘书室，把信封交给金，请她在当天下午务必寄往阿根廷，然后带着解放了的放松心情离开研究所大楼。

在回康利夫街的路上，我想起该付给贝丝第二个月的房租了，于是我稍稍绕了点路去自动取款机取钱。我发现自己走的路线跟一个月以前一模一样，连时间都差不多一样。午后的空气也是这样温热，街道同样宁静，一切仿佛在重演，似乎是要给我回到过去的最后一次机会，回到一切才开始的那一天。我决定还像上次那样沿着班伯里路被太阳晒着的这一侧走，一边走一边摩挲着女贞树的篱笆，重复着当初的动作。走到康利夫街拐角，我看到路上还有那只獾的最后一块毛皮。这是一个月前所没有的。我逼自己再看看。来往的汽车、雨水、狗都做出了各自的贡献。已经没有血迹了，只剩下这最后一块风干的、还有毛覆盖的皮。“獾为了救它的幼崽什么事都做得出来，”贝丝这么说过，今天早上我不是也听到颇为相似的一句话吗？对，是皮特森探长说的，“你永远也不会知道为了孩子，你愿意付出多少代价。”我一时呆立在那里，眼睛盯着这最后一片残骸，在寂静中凝神倾听。突然间，我知道了，我全都知道了。我明白了塞尔登一开始就要我明白的事情，就好像它始终在等待我去发现。他告诉过我，几乎是一个字一个字地告诉过我，我却没有听懂。他用了上百种方式对我反复说过，还把照片都放到我眼皮底下，可我只看见M ♡ 8。

我转过身，沿着班伯里路往回走，脑子里只有一个念头：我一定要找到塞尔登。我穿过集市走到高街，然后从爱德华国王路抄近道尽快赶到默顿学院。但塞尔登不在那里。我在门卫房的窗口站了一会儿，一时不知该何去何从。我问他们有没有在午餐时间见过他回来，他们告诉我说他们记得从早上起就没见过他。我突然想到他也许在医院探望弗兰克·卡尔曼。我口袋中还有些零钱，于是便用学院里的投币电话找洛尔娜，让她帮我转接二楼。答案是没有，今天卡尔曼先生没有任何人探视。我请他们把电话接回到洛尔娜。

“你认为塞尔登还有可能在什么地方？”

电话那头一阵沉默，我不知道是洛尔娜正在想什么地方，还是在考虑是否要告诉我什么可能会让我明白她跟塞尔登真正关系的事情。

“今天是几号？”她突然问我。

六月二十五日。我告诉了她，她舒了一口气，似乎表示同意。

“今天是他妻子的忌日，就是出车祸的日子。我想你能在艾希莫林博物馆找到他。”

我便走到玛格达林街，踏上博物馆的台阶。我从没去过那里。我穿过一条挂有肖像画的走廊，其中为首的是约翰·杜威[①]那张无法捉摸的脸，接着我便跟随指示的箭头走向巨型亚述浮雕墙。展厅里只有塞尔登一个人。他正坐在距中心墙体有一定距离的凳子上。我越走越近，看到浮雕墙像一幅由石头构成的细长的羊皮纸卷，环

---

① 约翰·杜威（John Dewey，1859—1952），美国教育家、实用主义哲学家。

绕大厅的四壁。我不由自主地放轻了脚步靠近塞尔登。他如入定一般，双眼一动不动地盯着浮雕上的一个，眼神空洞，似乎已经看了很久。我犹豫了片刻，是否应该在外面等他？但他转头看见了我，并不显得惊讶，只是用他一贯平缓的声调说：

“你到这里来，就说明你知道了情况，或者说你觉得你知道了，对吗？请坐，”他指了指身旁的凳子，“如果你想看到完整的墙体，就得坐在这里。”

我坐了下来，看到一连串多彩的画面，表现的似乎是一片广阔的战场。微小的雕像以令人惊叹的精湛工艺刻在金色的石块上。在一个又一个战斗场景中，有一个战士似乎在独挡敌人整支大军。从他长长的胡子和一把与众不同的宝剑就可以辨认出来。我从左到右看浮雕，这个不断重复出现的勇士形象有一种栩栩如生的动感。再看，我发现这个勇士各种连贯的姿势代表了不同的时间段，浮雕最后的场景中，有许多倒下的人像，他似乎单枪匹马击败了整支军队。

“不朽的勇士尼萨姆王，”塞尔登用一种奇怪的语调说道，“这是这面浮雕当年献给尼萨姆王时的名字，三千年后它来到大英博物馆，仍然是这个名字。但这石雕还守护着另一个故事，只有那些耐心观看的人才能发现。浮雕墙运到这里后，我妻子成功地将它几乎完全修复了。如果你留心看一下那边的介绍，就会知道它出自亚述帝国最重要的雕刻家哈西里之手，他受命创作这幅浮雕庆祝国王大寿。哈西里有个儿子内姆罗，内姆罗一边当父亲助手，一边学艺。内姆罗和年轻姑娘阿佳蒂丝定了婚。就在父子二人准备好石头开始创作浮雕的当天，尼萨姆工外出狩猎途中，在河边遇到了阿佳蒂丝。他要强行占有她。阿佳蒂丝不知道国王的身份，挣脱了国王逃进森林。但国王轻而易举地赶上了她，并且在将她强暴之后，挥剑砍下她的脑袋。当他回宫经过雕刻家身边时，父子二人都看到姑娘的头颅挂在国王马鞍旁的猎物中。哈西里去将这一悲痛的消息告诉姑娘的母亲。

"他的儿子悲痛绝望，在石上刻了国王将一个跪地的姑娘斩首的画面。哈西里回来后，发现儿子疯了似的在石上凿着一个足以令他被处死的画面，赶紧把他拖开，送回家去，自己留下来面对这进退两难的窘境。对他来说，要从石头上抹去这个画面并不难，但哈西里是一位老派的艺人，他相信每一件作品都蕴含着神秘的真理，受到了神灵之手的保护，人无权毁灭真理。但是，也许他和儿子一样，希望未来世世代代都知道曾经发生过的真相。那天晚上，他在石墙周围拉起一块布，他独自待在布后，要求在不受打扰的情况下秘密创作。他说，他在创作的这一浮雕，风格将与他过往所有作品都不同，国王将是看到这一新作的第一人。

"哈西里独自面对石墙上的第一个画面，那种进退两难的境地就像 G. K. 切斯特顿[①]的小说《布朗神父的天真》'断剑的符号'一章里将军面临的问题：一个聪明的人会把一枚鹅卵石藏在哪儿呢？当然是在沙滩上。但是如果没有沙滩怎么办呢？一具士兵的尸体又能藏在哪儿呢？当然是在战场上。但是如果没有战争呢？既然将军能够发动战争，那么雕刻家也能……想象出来。尼萨姆王，不朽的勇士，从没参加过战争；他生活在和平年代，一辈子可能只杀过手无寸铁的女人。虽然国王对于浮雕上的战争主题有点惊讶，但这浮雕还是恭维他的，他觉得把它放在宫里展示给邻国的国王们看看，

---

① G. K. 切斯特顿（G. K. Chesterton，1874—1936），英国艺术家、推理小说家，他创作的"布朗神父探案"系列是英国推理小说经典作品。

不失为震慑他们的好主意。尼萨姆王以及他的子子孙孙，只看到艺术家想要他们看到的东西：一系列图像令观众发现了重复的内容而别转头去，他们认为自己明白了艺术家创作的规律，即每一部分都代表了整体。这是那个配剑的人物反复出现所制造出的认知陷阱。但是里面还是隐藏着一小部分与其他部分相矛盾的图像，足以消解掉其他所有画面的含义，代表整幅浮雕的主题。我不必像哈西里那样等待那么久。我也希望有人，至少有另一个人，能发现它。我要让他知道真相，并且作出判断。我想我应该感到高兴，因为你最终还是发现了。”

塞尔登站起身，打开我身后的窗户，卷一支烟。他似乎不想坐了，继续站着说：

“第一天下午我们见面的时候，我已经收到了一张留言，很不幸，它既不是哪个陌生人也不是疯子留的，而是来自于某个和我很亲近的人。那是对一桩罪行的忏悔，是绝望的求助。正如我告诉皮特森探长的那样，我去上课的时候，纸条已经留在了我的信箱里，但一小时后我才取出来，并在去餐厅的路上看了。然后我立即赶往康利夫街，在门口遇到了你。我当时还以为纸条上写的可能有点夸张，上面说，‘我干了件可怕的事’。但我还根本没想到会是我们接下来看到的事。如果一个女孩是你在她小时候就抱在怀里，看着长大的，那她在你心目中永远都是小女孩。我会永远保护她。我不能报警。我想如果是我一个人进屋，我会尽量消灭现场痕迹，把血迹弄干净，把枕头藏起来。但是因为你也在场，我只能打电话。我读过皮特森探长破案的报道，知道一旦由他负责此案并且盯上她，她就完了。

“在我们等待警方赶来的时候，我陷入了和哈西里一样的困境。

一个聪明人会把鹅卵石藏在哪儿呢？沙滩上。把握剑的人藏在哪里？战场上。把谋杀案藏在哪里？不可能藏在过去。答案很简单，虽然很可怕：只剩下未来可藏，只能藏在一个系列谋杀案中。我的书出版后，我收到了各种各样脑子不正常的人来信。特别是其中有一个人声称每当他的公共汽车票上的号码是质数，他就杀一个流浪汉。对我来说，要编造出一个连环杀手，让他每杀一次人就在现场留下一个逻辑序列项的符号，制造出挑战的假象并不难。当然，我可不准备真的去谋杀，当时也不确定怎么解决这个问题，但是我没有时间考虑了。法医推算出死亡时间是在下午两点和三点之间，我意识到他们会马上逮捕她，于是决定悄悄地来个大跳跃。

“那天下午我丢进废纸篓的那张纸是我写有错误的证明过程的一张草稿纸，也就是我后来想找回来的那张纸，我知道如果警方问布伦特，他肯定会想起这张纸。于是我编造了一段留言，就是一个约定的时间地点等细节。我必须为她制造她不在场的证据，所以最关键的是时间。我选择了下午三点，也就是法医推算的死者最晚的死亡时间。我知道那个时间她应该已经在排练了。当探长问我纸条上还有什么别的信息，我想起你和我说过西班牙语，而且我刚才看拼字游戏棋盘的时候曾看到单词‘**aro**’，也就是西班牙语中的‘○’。实际上我在自己的书中讲到具有最大不确定性的序列第一个符号就是圆。”

“**Aro**，”我说，“你叫我在照片中看的就是这个吧。”

“是的，我尽量用每一种我能想到的方式告诉你。你不是英国人，所以你是唯一能够从棋盘上拼出这个单词并且看懂我的意思的人。我们做完笔录，去谢尔登剧院的路上，我想试探你是否注意到了什么我遗漏而可能指向她的蛛丝马迹。你让我注意死者头部最后的姿势，眼睛面向贵妃榻的背面。她后来向我坦白，她不敢看那双死死瞪着的眼睛。”

“你为什么要把毯子藏起来？”

“在剧院，我让她把事情的全过程一五一十都告诉我。所以我当时坚持说要亲自把消息告诉她。我得确保她在不得不面对警察前先把情况告诉我。我也得把我的计划告诉她，并且，还要检查一下她是否无意中露了什么破绽。她告诉我，当时她为了避免留下指纹，戴了晚礼服手套，结果在过程中还是跟死者经过了一番纠缠，她的鞋后跟把毯子扯破了。她想警方可能会因此而猜到凶手是女的。她还把毯子藏在自己的包里，于是我们说好由我来处理掉毯子。她的情绪极不稳定，我相信只要皮特森一盘问她，她就要崩溃。只要探长把调查的重心转移到她身上，她就完了。我也知道要在他的头脑拴上连环谋杀案这根筋，我得尽快让他面对第二起谋杀案。所幸，在我们的第一次谈话中，当我们谈到察觉不出的谋杀案，也就是人们不会认为是谋杀的谋杀案，你给了我正需要的启发。我意识到，一个真正察觉不出的谋杀案，甚至不必真的杀人。

“我马上想到了弗兰克的病房。我每天都能看到有尸体从那儿推出去。只要弄一个注射器，然后像皮特森猜的那样，耐心等着第一具尸体被放到走廊尽头的那间小房间。那天是星期天，贝丝出去巡回演出了。这对她来说简直太好了。我查看了标签上写的死亡时间，确保我自己也能证明不在现场，然后在尸体手臂上扎了一针，只要有一个针眼就行了。我当时准备的就到这一步。以前我在研究未侦破的谋杀案例时，曾经读到过法医有时候会怀疑存在一种在几个小时内就会消失得了无痕迹的化学品。这种怀疑就是我所想要的效果。不管怎么样，我虚拟的杀人凶手应该非常仔细地做好充分准备，要比警方聪明一点。我已经选定第二个符号是鱼，这个序列就是毕达哥拉斯学派开头的几个数字。

“我从医院出来，直接赶到研究所，把我向皮特森形容过的那张纸条贴在旋转门上。探长把它传达的信息拼凑起来，我想有一度我成了嫌疑人。从第二起死亡事件之后塞克斯开始盯我的梢。”

“但在音乐会上你不可能采取任何行动——当时你就坐在我旁边！”我说。

“音乐会……音乐会是我最害怕的、从小就困扰我的梦魇所发出的第一个信号。按照我的计划，我一直在等待一起车祸，发生地就是约翰逊选择翻车的地点。那里也是我自己出车祸的地方，也是我想到的唯一能与序列第三个符号三角形相呼应的事情。我可以在车祸以后留一张纸条，把一起寻常的车祸伪装成谋杀案，一起没有任何线索、完美的谋杀案。那就是我的选择，它将是最后一起死亡事件。然后，我会公布如何破解我自己设计的序列。我假想的智力对手将服输，然后要么悄无声息地消失，要么留下一点假线索让警方再徒劳地寻找一阵子。但是发生了音乐会上那个男人死亡的事件。

“那正是我在寻找的事情——一起死亡。从我们的座位上看，真像有人在背后掐他，很容易让人相信我们正在目睹一起谋杀。也许最令我意外的事情是死者在使用三角铁。我认为它是个好兆头，好像上天同意了我的计划，并且安排让我更容易地实现计划。我说过，我从不知道如何在真实世界里解读符号。我想到，可以把打击乐手之死与我的计划联系起来。趁你和其他人冲向舞台，我确认没有人在看我后，就从节目单上撕下我需要的两个单词。然后放在我的座位上，再来找你。后来，探长朝我们打手势并走过来的时候，我故意停下来，在他走到我座位前的那一刻装出惊呆了的样子，让他首先拿起那两个单词。这就是我制造的小小的假象。当然，我自认命运助了我一臂之力，因为连皮特森也在那里目睹了一切。跑上舞台的医生证实了我猜到的原因：他是呼吸衰竭自然死亡，尽管表现得很有戏剧性。如果尸检出来有什么奇怪的结果，我反而要惊讶了。

“剩下的唯一问题我曾经解决过一次，就是使这起自然死亡看起来像谋杀，并且抛出令人信服的说法使皮特森把它纳入连环谋杀案中考虑。这次难度更高，因为我不能靠近尸体，双手掐到他脖子上。我想起心灵感应的那个案子。我能说的就是暗示此案是通过远程催眠完成的。但我知道，这几乎骗不了皮特森，他对克拉福德案仍有疑问。可以说，这种解释不符合他的推理美学，不在他认为可能的范畴之内。他也不会认为这是我们数学上所说的、似乎合理的理论。但最终结果是我这些担心都是不必要的。皮特森轻易相信了死者是被人从背后袭击而死，这种说法在我看来本不足信。反正他是接收了这一说法，虽然他本人也在那里看到了跟我们同样的场景：即尽管此事充满戏剧性，但现场并没有旁人。他相信的原因跟人们通常遇到类似情况的思路是一样：因为他**想**相信。

“也许最奇怪的是皮特森对自然死亡的可能性连想都没想。我意识到虽然他以前有过怀疑，但现在他已经完全肯定自己面对的是一个连环谋杀案，所以他常常理所当然地从谋杀案的角度出发考虑问题，虽然那天晚上他是来跟女儿一起听音乐会的。”

“难道你不像皮特森那样，认为约翰逊可能袭击了打击乐手?”我问。

“没有，我认为这不可能。只有当你按照皮特森的思路考虑，才会觉得这有可能。换句话说，如果你认为是约翰逊策划了伊格尔顿夫人和厄内斯特·克拉克的死亡事件，你才会接受这种说法。但直到音乐会的那天晚上为止，要约翰逊把前面两个案子准确地联系起来都还是非常困难的事情。

“我认为那天晚上，约翰逊跟我一样，都误读了信号。他甚至可能没有看到那个人的死，因为他应该在停车场上等孩子们。但他第二天肯定在报纸上看到了报道。他看到序列的符号，也知道应该怎么解这个序列。因为他曾经狂热地读过毕达哥拉斯学派的相关书籍，并且和我一样，觉得真是‘天助我也’！篮球队的队员人数刚好和四元体的十个点一样。他女儿只剩下不到四十八个小时可活了。仿佛万物都在对他说：这是好机会，是你的最后一次机会。那天在公园里我就试图向你解释这个，那个从我童年开始困扰我的噩梦——先是结论，再是无穷无尽的推导，产生心魔。我只要确保她不会坐牢，那么，就由我来承担十一个人被杀的责任吧。”

他看着窗外，沉默了片刻。

“从头到尾，你的反应一直是我做判断的标准。如果我能让你相信序列的说法，那我也就能让皮特森相信。如果我有什么疏漏，你会向我指出来。但我也希望公平一点——如果这么说妥当的话——把每一个发现真相的机会都给你。你最后是怎么明白过来的?”他突然问。

“我记得皮特森今天上午说的话，他说你永远也不会知道为了孩子，你愿意付出多少代价。那天在集市我看到你跟贝丝在一起，就觉得你们之间关系特殊。对于她似乎连结婚都想征得你的同意，我尤其感到惊讶。我在想如果是为一个你不经常见面的人，你是否还会设计出一个连环谋杀案。”

“是啊，即便在绝望中，她也知道应该向谁求助。我不知道她相信的事情是否属实，我估计我永远都不会知道了。她以前从未向我提起过。但也许是为了确保我会帮她，她打出了她的王牌。”说着，塞尔登从外衣内袋里掏出一张一折四的纸递给我。“我干了件可怕的事。”上面第一行这样写道，笔迹出奇的幼稚。第二行似乎是在绝望的情绪中加上去的：“求求您，我需要您的帮助，爸爸。”

尾　声

我走下博物馆的台阶时，太阳还在那里，拖着夏日傍晚和煦、长长的光线。我走回康利夫街，把天文台金色的穹顶抛在身后。我缓缓走上班伯里路的斜坡，心想，对于刚才听到的这番自白，我该怎么办？有些房子开始亮灯了，透过那些窗口我可以看到购物袋，电视机开着——这些都是人们在篱笆后宁静的日常生活的组成部分。走到罗林森路，有辆汽车在我身后短促、欢快地按了两下喇叭。我转过身，满以为是洛尔娜。不料看到的是贝丝，她正坐在一辆亮蓝色的、崭新的小敞篷车里朝我挥手。我让到路边。她理了理凌乱的头发，身体侧过副驾驶座，开朗地笑着对我说：

“要不要搭便车？”

她伸出一只手开车门，但肯定从我的表情中看出了什么奇怪的地方，因为她的手中途停住了。我泛泛地称赞了她的新车，然后看着她的眼睛。我像第一次和她见面、要在她身上发现新特点似的看着她。她比以前更开心、更放松，也更漂亮了。只是这些变化。

“怎么了？”她问，“你去哪儿了？”

“我刚和阿瑟·塞尔登谈过话。”我迟疑地说。

她的双眼闪过一丝警觉。

“谈数学？”她问。

“不是，”我说，“我们在谈谋杀案。他全都告诉我了。”

她的脸暗了下来，她把双手放在方向盘上，突然绷紧了身子。

“全部？不可能，我认为他不可能全都告诉你。”她自己紧张地笑了笑，片刻中又出现了以前那种苦恼的眼神。“他绝对下不了决心把全部事情告诉你。但是我知道，”她又谨慎地看了我一眼，说，“你相信他。现在你要干什么？”

“什么都不干。我能干什么？他们可能也会逮捕他的。”我盯着她说。那么多问题，我只有一个问题想问问她。我靠近她，看着她湛蓝的眼睛：“你为什么要这么做？”

“你为什么到这里来？”她问，“你来这里不仅仅是学数学的，是吗？你为什么选择牛津大学？”泪珠渐渐涌上她的眼睫。“是你先说的。那天我看见你拿着网球拍从车里出来，看起来很高兴。我们谈起奖学金的事。你说，‘你也应该争取。’我情不自禁地反复对自己说，‘你应该争取。’我以为她很快就要死了，我就有机会开始新生活了。可是几天后她的检查报告出来了。癌肿瘤在消退，医生告诉她，也许她还能活十年。还要被那个老巫婆拴住十年……我可受不了。”

眼睫上的泪珠此刻顺着脸颊滚下来。她突然不太自然地擦干泪水，在仪表盘上的抽屉里找纸巾。当她把双手重新放在方向盘上时，我又注意到她那小小的大拇指。

“你还搭车吗？”

“下次吧，”我说，“今天下午天气真舒服，我想再走一会儿。”

她开着车走了，我看着汽车在视野中越来越小乃至消失在康利夫街。我心想，贝丝认为塞尔登绝不敢告诉我的事情，是否就是他已经告诉我的事情呢，或者还有什么别的事情，什么我不敢想象的事。我问自己究竟知道多少真相，从哪儿开始写我的第二份报告。走到康利夫街街口，我低头看，已经看不到那只獾的残骸，最后一点皮毛消失了。目力所及，前方的路伸展开去，重新变得干净，整洁，空旷。